AF404586

L'Enfant aux 2 Mères

L'ACCIDENT

Ce fut épouvantable. Tous ceux qui assistèrent à la catastrophe ne peuvent encore aujourd'hui y songer sans pâlir.

Le samedi 14 novembre 1895, le train rapide n° 72 de Boulogne qui quitte cette ville après l'arrivée du train de Folkestone à 2 h. 20 et doit toucher Paris à 5 h. 20 marchait à 90 kilomètres à l'heure lorsqu'il s'engagea sur le Pont de Soissons.

Un train de marchandises en manœuvres s'avançait au devant du train. Il y eut un choc formidable; les deux locomotives se dressèrent l'une contre l'autre, comme deux taureaux qui se battent et retombèrent broyées, renversées sur le sol ; les wagons qui les suivaient se montèrent les uns sur les autres ; ils se télescopèrent, selon une expression imagée.

Ce n'était plus sur la voie que débris informes, charpentes démantibulées et brisées, roues tordues, rails arrachés ; pour compléter le désastre, les trains avaient pris feu.

Le rapide était bondé de voyageurs, la plupart des Anglais qui venaient pour s'amuser à Paris, le lendemain dimanche, jour d'embêtement gai et national en Angleterre.

Un silence de mort suivit le fracas sinistre ; mais il fut bientôt troublé par les cris, les lamentations, les gémissements des blessés ; ceux-ci étaient peu nombreux ; la catastrophe avait été plus complète encore qu'on ne redoutait, car les deux tiers des voyageurs avaient été tués sur le coup, mort ou blessé, nul n'avait été épargné.

Mécaniciens, chauffeurs, chefs des trains tamponneur et tamponné avaient été broyés et leurs cadavres déchiquetés projetés hors des voies, contre les parois du Pont.

On accourait de la gare du Nord : médecins, infirmiers improvisés, employés de la Compagnie, se précipitaient en toute hâte vers le théâtre de la catastrophe, qui portant des brancards, qui munis de lanternes qu'on distinguait à peine dans l'opacité du brouillard.

Les premiers arrivés reculèrent avec horreur : partout, au milieu des débris de bois et de ferraille, des flots de sang et des membres : le spectacle était sinistre. Là un vieillard avait la poitrine défoncée, un fragment de bois lui labourait le cœur ; là, c'était une femme dont [illegible] un jeune homme gisait [illegible] un charnier, un amoncellement de corps après une bataille [illegible].

[illegible] chef de gare organisa [illegible] des pompiers [illegible] dont les hommes se portaient [illegible] de wagon en wagon.

Le Professeur Edmond Vanoise, le célèbre chirurgien de [illegible] un des premiers, se [illegible] brancardiers à la recherche des [illegible] et à mesure qu'il en découvrait un, il le faisait retirer [illegible] des décombres et transporter à la gare, dans la salle d'attente [illegible] classes transformée en ambulance ; là ses élèves et plusieurs [illegible] donnaient des premiers soins, [illegible] faisant avaler des cordiaux ou pratiquant des injections [illegible] l'arrivée du Maître.

[illegible] déblaiement dura près d'une heure. Enfin M. Vanoise [illegible] ces lieux de carnage et d'horreur, lorsqu'il s'entendit appeler [illegible].

— [illegible] docteur Vanoise ! murmurait une voix faible et lointaine.

— [illegible] m'appelle ? Où êtes-vous ? demanda-t-il.

— [illegible] Au secours... je meurs...

Le Professeur s'élança vers un wagon démantelé d'où semblait partir [illegible] mourante ; sous le toit écroulé de ce wagon, une tête apparaissait [illegible] mouillés, dans le visage livide, les yeux seuls semblaient vivre [illegible] on ne voyait pas le corps, écrasé sans doute sous la pesante voi[illegible].

M. Vanoise se baissa vers le blessé.

— Courage, lui dit-il, je vais vous faire dégager...

— [illegible] inutile, docteur. Je meurs... Vous ne me reconnaissez pas [illegible] vous ai rencontré chez des amis, une fois... Quand je vous ai aperçu [illegible] pensé que le ciel vous envoyait à moi... non pour me secourir, il est [illegible] tard...

— Mais non, et je vais...

— Je vous en prie, laissez-moi parler... je sens que bientôt je n'en aurai [illegible] force... Écoutez, docteur, c'est effroyable... je n'ai plus ni bras [illegible] jambes... Dans le télescopage j'ai eu les quatre membres arrachés [illegible] pauvre malheureux !

— [illegible] vite... prenez dans ma poche... un portrait... le mien [illegible] donnerez à mon fils Alfred qui est à...

[illegible] achever ; il expira.

Le docteur Vanoise glissa la main sous le toit du wagon et atteignit la [illegible] du veston du mort ; il en tira une miniature au cadre enrichi de [illegible] sur laquelle, à la lueur de son falot, il put lire : « Octave Fresnays [illegible] Alfred, souvenir d'un père qui l'a bien aimé... »

— Le pauvre homme, murmura le docteur, on dirait qu'il pressentait sa [illegible]. Octave Fresnays ? Il me semble que je connais ce nom-là.

Le professeur Edmond Vanoise était alors âgé d'une quarantaine d'an[illegible] ; c'était un grand bel homme aux cheveux noirs crépus, aux yeux [illegible] comme des diamants, au front de penseur, large, poli, sans [illegible] brillant d'intelligence ; le teint était mat, et sa figure, malgré un collier de [illegible] hirsute, respirait la bonté.

Il avait les mains grosses, les doigts épais ; quand il s'emparait d'un membre blessé, on eût cru qu'il fallait briser... et pas du tout ; il [illegible] une adresse, d'une douceur incroyables ; son habileté était proverbiale.

Il avait des manières brusques, presque bourrues, des allures de paysan [illegible] il n'avait jamais pu se défaire ; c'est qu'il était le fils d'un ferm[illegible] qu'il avait fait ses premières études à l'école communale, qu'[illegible] élevé en sauvage, livré à ses instincts, courant les bois, grimpant [illegible] se battant avec tous les polissons de son âge...

[illegible] emporté, il sentait gronder en lui toutes les passions ; avec [illegible] énergie, il avait su les dominer ; cependant, elles reparaissaient et pour [illegible] vaincre, il lui fallait faire appel à toute sa force de volonté.

[illegible] la vue d'une femme surtout l'exaltait ; sa son apparence virile [illegible] d'une aventure ; et le beau sexe se l'arrachait [illegible] pas ; il répondait avec fougue aux amours qu'il inspirait [illegible].

[illegible] de dessinateur à l'état de menuisier, l'avait mis à douze ans [illegible] apprentissage. Un jour qu'il était allé avec son patron travailler chez le docteur Morel, à Périgueux, celui-ci avait été frappé de la vivacité éveillée de son regard franc, de son intelligence.

Il le fit causer et lui découvrit de rares qualités, un esprit ouvert, un grand désir de s'instruire; M. Morel était veuf, riche, sans enfants, il dit au père Vanoise:

— Ce n'est pas un menuisier, dit-il, qu'il convient de faire de votre fils.
— Et quoi donc, Monsieur le docteur?
— Un médecin.
— Un médecin!... Et comment cela, boun Diou?... Les études coûtent gros et je ne suis qu'un pauvre cultivateur...
— Ne vous inquiétez pas de ce détail... Je pourvoirai à tout, mes moyens me le permettent... Je lui ferai donner à mes frais l'instruction nécessaire, et quand il aura son diplôme, je lui abandonnerai ma clientèle.
— Vous êtes bien brave, Monsieur le docteur,... et puisque c'est pour le bien du petit...
— C'est pour son bien...

M. Morel conduisit le jeune Vanoise au lycée de Périgueux où il le fit entrer comme pensionnaire; les premiers temps parurent pénibles à l'enfant, sa turbulence, sa fougue, s'accommodèrent mal avec la discipline universitaire: mais son désir d'apprendre l'emporta et domina bientôt en lui l'esprit de révolte. Il devint un sujet remarquable.

Les baccalauréats en poche, il fut envoyé à Paris et commença ses études à la Faculté de médecine où son assiduité au travail intéressa ses maîtres; externe au bout de deux ans, interne au bout de quatre, il devint plus prosecteur d'anatomie; enfin il fut reçu docteur, et put commencer à exercer. La plus brillante carrière s'ouvrait devant lui.

À ce moment, son protecteur mourut, lui laissant avec sa clientèle un petit capital. Edmond Vanoise pleura le docteur Morel, accepta le petit capital, mais refusa d'aller à Périgueux remplacer son bienfaiteur; il avait des visées plus hautes, et il en avait le droit.

Il voulait devenir chirurgien des hôpitaux de Paris et agrégé à la Faculté; il y réussit et voilà comment, à quarante ans, il se trouvait chef de service à Lariboisière et professeur suppléant de clinique chirurgicale. C'était un Maître.

Quelques fugues, quelques équipées qui n'entachaient d'ailleurs en rien son honorabilité, faillirent cependant briser sa carrière. Un jour, il s'était enfui avec la surveillante de son service et pendant un mois on n'avait pas su ce qu'il était devenu; au bout d'un mois, il avait reparu; une autre fois il avait failli être tué d'un coup de revolver qu'un mari jaloux lui avait tiré à bout portant; néanmoins il guérit; mais ces scandales et quelques autres du même genre avaient plus fait pour sa réputation que toute son habileté et toute sa science...

Comme il se dirigeait vers la salle d'attente où une ambulance provisoire avait été installée par ses ordres, il passa devant le petit bureau du commissaire de surveillance administrative; la porte en était ouverte. Il crut, malgré l'obscurité, apercevoir une forme féminine étendue sur le sol. Il s'approcha.

À la lueur du falot qu'il tenait à la main, il reconnut qu'il ne se trompait pas.

Une femme gisait à ses pieds. C'était une femme toute jeune et d'une rare beauté. Elle devait appartenir à une classe élevée de la société; elle était vêtue avec distinction d'un costume tailleur élégant, d'un manteau de fourrure et coiffée d'une toque de renard bleu; peu de bijoux: seulement aux oreilles, deux solitaires d'un grand prix.

— Morte? Évanouie? murmura Vanoise. Voyons un peu.

Il souleva le corps de ses bras robustes et le plaça sur un divan.

— Elle respire, fit-il après l'avoir auscultée.

Il lui enleva sa toque et son manteau; il allait dégrafer son corsage lorsqu'il s'avisa que la porte était restée ouverte et qu'il ne fallait pas exposer la jeune femme à des regards indiscrets; il alla donc prendre la clef en dehors sur la serrure, la plaça en dedans, et ferma la porte à double tour.

Il revint vers l'inconnue et commença à la déshabiller; il dégagea le cou et la poitrine, les palpa, fit jouer les membres...

— Elle n'est pas blessée, dit-il. Un simple évanouissement... Mais qu'il est belle!

Il la contemplait avec admiration: ses yeux brillaient de convoitise.

— Un morceau de roi! exclama-t-il encore.

En dépit de sa volonté, tous ses mauvais instincts reprirent le dessus ; ses sens parlèrent plus haut que sa raison : une sorte de frénésie s'empara de lui...

— Misérable !

L'inconnue avait repris connaissance ; elle n'avait pu que constater son déshonneur.

— Misérable lâche ! s'écria-t-elle.

Mais déjà M. Vanoise s'était repris : d'un coup de poing, il éteignit sa lanterne et s'enfuit, déjà tenaillé par le remords de l'infamie qu'il venait de commettre.

La malheureuse femme n'eut pas le temps de voir ses traits : ainsi elle ne reconnaîtrait jamais l'homme qui avait abusé d'elle, qui s'était livré sur elle au plus odieux des attentats !

Elle appela au secours : des employés de la gare se précipitèrent, apportant des lumières : entre temps, elle avait réparé le désordre de sa toilette.

Lorsqu'elle vit clair dans le bureau, elle aperçut à ses pieds un portrait, une miniature enrichie de brillants ; elle le ramassa et lut :

« Octave Fresnays à son fils Alfred ; le souvenir d'un père qui l'a bien aimé. »

— Octave Fresnays, murmura-t-elle. Enfin je sais le nom du coupable... Il paiera cher son crime !

Elle cacha vivement le médaillon dans son corsage, et, après avoir accepté un cordial qu'une infirmière venait de lui apporter, elle s'adressa au chef de gare accouru à son appel :

— Je vous serai reconnaissante, Monsieur, dit-elle, de me faire reconduire chez mon père, le comte de Beauval, 341, boulevard Malesherbes...

— L'infirmière va aller chercher une voiture, Madame, et vous ramènera chez vous... répondit le chef de gare. Mais vous sentez-vous mieux ?... Pourrez-vous marcher jusqu'à la cour de la gare ? Voulez-vous qu'on vous porte sur un brancard ?

— Non ! Non ! je suis bien, très bien... je vous remercie... j'irai à pied.

— Comment êtes-vous ici ? Que vous est-il arrivé ?

— Ce qui m'est arrivé ?

La jeune femme regardait le fonctionnaire avec des yeux étranges, égarés.

— Ce qui m'est arrivé ?... Je ne sais pas...

— Étiez-vous dans le train de Boulogne ?

— Non... Oui... Ces émotions... je perds la tête...

Elle se mit à rire comme une folle :

— Le train de Boulogne, reprit-elle ? Ah ! oui !... Il marchait vite... vite... tout à coup, il y eut un choc terrible... La portière de mon compartiment s'ouvrit... Je fus précipitée hors du wagon... Sans comprendre ce qui se passait, je me relevai... Je n'avais rien... alors, affolée, je me mis à courir... et je vins tomber ici... évanouie... Quand je repris connaissance, un misérable...

Elle s'arrêta :

— Un misérable ? demanda le chef de gare. Expliquez-vous, madame... Voulez-vous dire que quelqu'un vous a manqué de respect ?...

— Moi ? J'ai parlé de misérable ? reprit-elle avec ce même cri d'hallucinée qui terrifiait les assistants, pourquoi me dites-vous cela ?... Ah ! Ah ! Ah !... Il n'y a pas de misérable... Il n'y a jamais eu de misérable !... Êtes-vous drôles, tous, à me regarder ainsi. Qu'est-ce que j'ai ? Qu'est-ce que j'ai ? Ça se voit donc sur mon visage ?... Ah ! Ah ! Ah !...

Une attaque de nerfs suivit, qu'un médecin vint calmer :

— Elle délire, dit-il. L'accident l'a bouleversée... Et je vais la ramener moi-même à l'adresse que, par bonheur, elle a donné avant sa crise...

Il fit à la jeune femme une injection de morphine, et quand elle fut enfin apaisée, le docteur la conduisit vers son père, le comte de Beauval.

Dans la salle, transformée en ambulance, on attendait toujours le Professeur Vanoise : le Professeur Vanoise ne vint pas.

II

UNE PAGE D'AMOUR

C'est à une garden-party, à l'Elysée, que le marquis Guy de Freneuse avait rencontré pour la première fois Mlle Lucie de Beauval, fille du comte Amédée de Beauval et de Madame, née Hortense Pavillon.

Il y avait trois ans de cela : le marquis de Freneuse, qui avait, suivant l'exemple de son père et de son grand-père, choisi la carrière des armes, était alors élève à l'Ecole de Saint-Cyr, et Mlle de Beauval sortait du couvent des Oiseaux : elle venait, à seize ans, de faire son entrée dans le monde, et elle apparaissait comme une des jeunes filles les plus accomplies de la haute aristocratie parisienne.

De fait, elle était charmante, avec ses cheveux blonds, ses yeux bleus si doux, sa distinction naturelle et son air de grande bonté. Instruite, bien élevée, ce n'était cependant pas une petite oie blanche, comme on appelle ces jolis oiseaux qui ornent les salons, mais sont réputés pour leur ignorance et leur bêtise.

Innocente et pure, certes, Lucie l'était autant que la plus vertueuse de ses camarades de couvent ; mais son intelligence était plus ouverte,

— Morte? Evanouie? murmura Vanoise (page 5).

plus avertie, et l'habitude des sports avait fait d'elle une femme intrépide : écuyère de premier ordre, elle chassait à courre avec son père, le comte de Beauval, faisait de la bicyclette, jouait au tennis, au polo et au golf, nageait bien, était infatigable à la marche : son père disait d'elle :

— Ma fille n'est pas une fille, c'est un garçon manqué.

Et il aimait chez elle ces allures masculines, un peu libres, peut-être, qui au contraire effrayaient sa mère, née Pavillon.

Pour achever son portrait, Lucie était encore l'héritière d'une immense fortune, ce qui ne gâte rien.

Guy de Freneuse, fils et petit-fils de généraux, était un hardi cavalier, un parfait gentilhomme. Dès qu'il eut été présenté à Mlle de Beauval, il comprit qu'elle était destinée à faire le bonheur de sa vie : à la garden party de l'Elysée, où il l'admira pour la première fois, il s'attacha à ses pas et esquissa un flirt qui ne parut pas déplaire.

Mme de Beauval l'accueillit avec faveur ; M. de Beauval l'invita à ses chasses dès qu'il serait sorti de Saint-Cyr, c'est-à-dire quelques mois après. Jusque-là, les deux jeunes gens eurent plusieurs occasions de se rencontrer dans des maisons amies ; il apparut bientôt qu'ils avaient du goût l'un pour l'autre.

Comme le marquis Guy de Freneuse, bien qu'orphelin, était d'une bonne famille, M. de Beauval ne songea pas à couper court à des sentiments qu'il approuvait chez sa fille ; sa femme et lui envisageaient même avec plaisir le jour où M. de Freneuse solliciterait l'honneur de devenir son gendre.

… guerre pour … un amour éternel.

… dit en présence de leurs amis, ce fut une exquise … qu'on a coutume d'appeler le « Tout-Paris ». La bénédiction nuptiale des nouveaux époux, la … à l'église … de Saint-Augustin. … Avril … comme les plus beaux jours de fête … c'était … lorsque les deux jeunes mariés échangèrent … le plus grand bonheur, la joie la plus … illuminait leurs beaux visages.

… même, ils partaient pour Venise. La ville des Doges est la ville … que fut leur lune de miel on s'en douta … ils se crurent vraiment transapportés … regrets lorsque le congé du lieutenant étant fini … à Paris.

Une … agréable et désagréable à la fois les attendit. Le colonel … venait d'être nommé général de brigade et envoyé à Orient ; il … comme officier d'ordonnance le lieutenant Guy de Francœur. Il … put donc habiter avec sa femme l'appartement que son beau-… avait fait préparer dans son hôtel du boulevard Malesherbes : ce fut … premier chagrin.

… bonheur, le château de Bellevue n'était qu'à trois kilomètres du chef-… département du Loiret. C'est donc là que les jeunes époux durent continuer, nous ne disons pas « achever », leur lune de miel qui semblait … être éternelle comme leur amour.

… aussi que Lucie devait retrouver son frère, Louis de Beauval, … gé de huit ans. … habitait le château de son père, avec son précepteur, … une … chambre et cela tout le long de l'année, été comme hiver ; c'était un enfant … malingre, que guettait la tuberculose.

— Si votre fils demeure à Paris, avait dit le médecin à M. de Beauval, il … perdu. Il faut l'envoyer à la campagne, qu'il y vive en paysan, qu'on … ayez passion monsieur, qu'on ne lui bourre pas la tête d'un tas de connai-… instruire, qu'il apprenne juste le nécessaire, avant de lui faire … faire … lui de bons poumons et des muscles solides. Son diagnostic …

… de Beauval avait beaucoup pleuré, mais la question de vie … avait ainsi posée, elle avait dû se séparer de son fils, quelque chagrin … cela. Elle avait d'abord proposé à son mari d'accompagner l'enfant … qui avait refusé.

— Non, ma chère amie, lui dit-il. Il ne faut pas que tu ailles avec lui … là-bas au château. Je ne pourrais t'empêcher de gâter ton Louis chéri, ton … de bien-aimé, et tes caresses, comme ta faiblesse pour tous ses caprices, … contraires aux prescriptions du médecin. D'autre part notre fille … du couvent, tu dois, jusqu'à ce qu'elle soit mariée, lui servir de chape-… dans le monde.

— Enfin permets-moi de te dire que tu es encore trop jeune, trop bel-… pour t'exiler… ?

… c'était vrai. Mme de Beauval n'avait guère que trente-quatre ans … l'heure où avait lieu cette conversation, elle s'était en effet mariée à dix-huit … et M. de Beauval en avait trente-neuf à peine.

— Louis fut donc envoyé à Bellevue ; on choisit pour l'élever un vieux … comme qu'il faisait enrager, et un jeune domestique, Albert, tout … s'efforçait de lui plaire et de se faire aimer de lui, et lui rendait … des plus fâcheux.

Cet Albert était un vaurien : il avait juré de façonner Louis à son image … le but de lui soutirer quelque jour le plus d'argent possible ; et si … Louis devait devenir un mauvais sujet, on verra qu'il n'y fallut pas … Entre le frère et la sœur il n'y avait pas grande sympathie, ils se … tant leur peau, ayant toujours été éloignés l'un de l'autre. Aussi … … son mari au château, Louis l'accueillit-il sans enthou-… précepteur, M. Durelle, s'étant plaint à la nouvelle Mme … … qu'il ne pouvait venir à bout de ce jeune sauvage, celle-… … remontrances, il les reçut fort mal. Le lieutenant, voulant … … répondit avec insolence de s'occuper de ses affaires. … … écrit à sa mère pour l'informer. Louis conduisit de … … de Beauval répondit en enfant gâté mais des plus irré-…

Je ne doute pas que Louis ne soit un garçon très mal élevé... à la cour... quand il sera guéri... qu'il ne... pourra plus... de devenir tuberculeux, je ferai appel à... fut de le ramener à la raison.

« D'ailleurs M. Durette a nos instructions... il est seul... dans sa... Enfin, Albert, le domestique de ton père... dévoué... ton frère l'aime beaucoup, et parce qu'ils vont ensemble... bois ou faire quelque escapade dans le village, il n'y a pas de mal à cela.

« Tu me feras donc le plaisir de ne pas t'en mêler, etc., etc. »

M. et Mme de Freneuse se le tinrent pour dit et bientôt... leur... vinrent dans l'immense propriété un peu comme des étrangers. Lucie et son mari avaient leur salle à manger particulière dans leur appartement situé à l'aile gauche du château ; Louis et son précepteur habitaient l'aile droite ; il arrivait parfois qu'ils ne se rencontraient pas les uns les autres de toute une journée. Albert, en voyant arriver la sœur de son maître, avait redouté une surveillance qui mettait fin à ses projets ; il fut vite rassuré à cet égard ; il put donc continuer impunément à jouer le rôle de mauvais génie auprès d'un enfant qui ne demandait qu'à se laisser corrompre.

Une année s'écoula ; ce fut pour Lucie et son Guy une année de bonheur inoubliable.

Ce bonheur, hélas ! ne devait pas durer. Il fut interrompu par la nomination du général de Torcieu au commandement d'une brigade au Tonkin.

Les Pavillons noirs étaient loin d'être soumis, mais contenus à la frontière ils faisaient à chaque instant des incursions dans le pays que le Gouvernement français ne parvenait pas à pacifier ; ils assassinaient les Européens, violaient les femmes et pillaient les maisons auxquelles ensuite ils mettaient le feu. Puis ils disparaissaient pour aller, avec une mobilité surprenante, commencer leurs ravages à plusieurs centaines de kilomètres du théâtre de leurs derniers exploits.

Il fallait en finir ; il fallait organiser une expédition qui poursuivît... les... jusqu'à leur complète destruction ; le général de Torcieu fut désigné pour diriger ces opérations indispensables, mais particulièrement périlleuses.

C'est qu'il ne s'agissait pas en ce cas d'une guerre en bataille rangée, de combats face à face, en plein jour, mais d'une guerre d'embuscade, d'escarmouches, dans l'ombre, d'une lutte de ruses avec un ennemi invisible.

— Eh bien ! Freneuse, dit un beau matin M. de Torcieu à son officier d'ordonnance, vous savez la nouvelle ?

— Laquelle ! mon Général, répondit le jeune homme ? que la belle O... vient d'être engagée aux Folies-Bergère ? que la pièce du Palais-Royal... jour ? que *Galipette*, jument baie, par *Actéon* et *Plaisanterie*, a gagné le...

— Non, mon ami, rien de tout cela. Ne cherchez pas... Je viens de voir l'ordre de partir pour le Tonkin faire la chasse aux Pavillons... Naturellement, je vous emmène.

— Moi ? mon général ?...

— Évidemment, vous... c'est votre carrière assurée... vos galons de... dans deux mois, la croix et le grade de capitaine au retour de l'expédition. Vous serez le plus jeune capitaine de l'armée... Peste ! mon cher, on dirait que vous faites la petite bouche ! j'en connais beaucoup qui voudraient bien se voir offrir ce poste d'honneur...

À l'époque de notre récit, c'est-à-dire en 1895, Guy de Freneuse... parti depuis un an.

Malgré le courage avec lequel elle avait accepté cette séparation, Lucie... supportait pas sans chagrin... cette sorte de veuvage lui pesait... mait morose, refusait de sortir, d'aller dans le monde, elle s'enfermait dans son appartement pendant de longues heures, et là elle lisait et relisait les chères lettres de son époux, elle pleurait.

Chaque jour, elle se faisait apporter les journaux et les dévorait... dans les dépêches annonçant les beaux faits d'armes accomplis... la colonne de Torcieu, elle cherchait le nom de son mari et quand elle... l'avait cité parmi les officiers qui s'étaient le plus distingués dans les dernières opérations, son cœur se gonflait d'orgueil ; elle souriait de bonheur... son sourire se mêlait à des larmes ; ainsi parfois le soleil vient briller... les gouttes de pluie.

... La pacification du Tonkin, grâce à l'énergie du général...

progrès ; déjà on annonçait que dans un an, dix-huit mois au plus, elle serait
achevée. Mme de Freneuse songeait qu'une année s'était déjà écoulée et qu'il
en faudrait une autre, peut-être une et demie avant qu'elle ne revît son mari.

Elle compta les jours. M. et Mme de Beauval s'efforçaient de la distraire,
sans y réussir. Alors, ils la firent voyager. M. de Beauval, un jour, fut obligé
de partir pour Londres, où l'appelaient des affaires : il pria Lucie de l'accompagner : elle accepta.

Mais le climat, là-bas, ne lui convenait pas : le brouillard continu au
mois de novembre, la rendait plus triste encore : elle pria son père de la laisser
rentrer à Paris.

— Mère est bien seule, lui donnait-elle comme prétexte.

Le 14 novembre, elle prit le train à Charring-Cross, le bateau à Folkestone
et toucha à Boulogne ; à 2 h. 20, elle repartait pour Paris.

Nous avons raconté l'effroyable accident arrivé, sous le pont de Soissons
au rapide 72, dans lequel elle se trouvait.

Dans un bureau de la gare, un ignoble attentat avait été commis sur une
femme : cette femme, c'était Mme de Freneuse.

III

LA CONFESSION

Le jeune médecin qui ramena Mme de Freneuse auprès de sa mère, boulevard Malesherbes, ne put donner à Mme de Beauval que des renseignements très vagues sur l'accident arrivé à Lucie.

— Cette jeune femme était dans un des wagons du rapide tamponné, dit-
il pour terminer son récit. Lorsque la collision se produisit, elle était debout,
auprès d'une portière qui s'ouvrit sous la violence du choc. Elle fut projetée
sur la voie et eut la chance inespérée de tomber sans se blesser : elle se
releva toute-étourdie, et, affolée, se mit à courir au hasard pour venir choir
sans connaissance dans un bureau désert à ce moment.

« Que se passa-t-il ensuite? Combien de temps dura son évanouissement?
Nous l'ignorons.

« Tout ce que nous savons, c'est que la catastrophe s'est produite à 5 heures 10 minutes, 4 minutes avant l'heure normale de l'entrée du train en gare
et que c'est seulement à six heures moins le quart qu'on entendit votre fille
appeler au secours, c'est-à-dire une demi-heure après...

« Depuis, elle a le délire : elle prononce des mots sans suite, accompagnés de gémissements inarticulés et d'éclats de rire extravagants, comme les
aliénés.

— Grand Dieu! s'écria Mme de Beauval, ma fille est devenue folle!...

— Non, Madame, rassurez-vous... Dans les grandes catastrophes, on
observe souvent des individus frappés par un choc nerveux qui les prive
pour un temps de l'usage de leur raison et de leurs facultés ; mais, par
bonheur, cet état d'aliénation ne dure pas... Dans quelques jours, votre fille
sera remise, complètement remise, je vous l'affirme.

— Que le ciel vous entende!

— Elle n'a besoin pour l'instant que de beaucoup de repos ; laissez-la au
lit ; évitez autour d'elle les allées et venues, les bruits inutiles... Essayez de
la calmer, de la tranquilliser... je ne doute pas que votre affection, que votre
tendresse de mère, ne soient le meilleur traitement de son nervosisme
exalté.

— Je ferai mon possible, docteur, et je vous prie d'agréer ma sincère
gratitude pour la peine que vous avez prise de me ramener mon enfant.
Mais je suis toute désemparée... Mon mari est à Londres..., je suis seule
ici pour soigner ma Lucie... Vous m'obligeriez en venant souvent la voir
plusieurs fois par jour...

— Je vous le promets, Madame, je ferai à Mademoiselle votre fille
autant de visites qu'il sera nécessaire...

— Ne craignez pas d'abuser, je vous en prie... mais ma fille n'est plus
demoiselle. Elle est mariée...

— Vraiment? A la voir si jeune, j'aurais cru...

— Elle est mariée et son mari est au Tonkin, officier d'ordonnance du général de Torcieu ; c'est le lieutenant de Freneuse.

— Freneuse! Ah! je ne connais que lui... Il était mon camarade au lycée
Henri IV... Nous nous sommes quelque peu perdus de vue en en sortant pour

suivre des voies différentes ; il entra à Saint-Cyr, je fis ma médecine, mais nous sommes restés amis et nous nous retrouvons toujours avec plaisir.

— Je suis très heureux de cette rencontre due au hasard et je bénis cette coïncidence... J'ai cependant commis un oubli impardonnable... Je n'ai pas encore songé à vous demander votre nom ?

— Je m'appelle le docteur Fernand Oudry.

— Eh bien ! docteur Oudry, guérissez ma fille... par amitié pour son mari...

— Pendant quarante-huit heures, Lucie persista dans un mutisme absolu ; quand par hasard elle rompait le silence, c'était ou pour rire de ce rire effrayant des aliénés, ou pour prononcer des mots qui n'avaient aucune signification précise pour les personnes qui l'entouraient ; si son corps était là, dans sa chambre, son esprit était certainement ailleurs ; mais où ?

C'est ce que se demanda son père qui, rappelé par Mme de Beauval, était revenu de Londres le surlendemain de l'accident.

— Vous ne me ferez jamais croire, docteur, disait-il à M. Oudry, qu'une secousse morale, si violente qu'elle eût été, pût engendrer chez une jeune femme, d'ailleurs bien portante, l'idée fixe que les mots dont elle se sert veulent exprimer... Horreur de son mari, haine et désir de vengeance... Voyons... que croyez-vous ?

— Je ne sais pas... Évidemment il s'est passé quelque chose que nous ignorons et qui inspire à Mme Freneuse les phrases inexplicables qu'elle prononce à certains moments...

— Ah ! si je croyais à l'infidélité de mon gendre... car c'est cela qu'elle veut dire, n'est-ce pas ?... je le lui ai promis, je l'étranglerai de mes propres mains...

— Cela m'étonnerait... je connais Freneuse depuis quinze ans... Nous avons usé nos fonds de culotte sur les mêmes bancs... Les jours où il sortait de Saint-Cyr, je le voyais souvent au quartier latin... C'était un jeune homme rangé, sérieux, plus occupé de ses études que de bagatelle... Je ne vois rien dans son passé qui puisse éveiller les susceptibilités de son épouse... Je ne lui ai jamais connu de maîtresse... Quant au présent, il se bat sur la frontière du Tonkin... Il ne doit guère avoir le temps de faire des fredaines...

— Vous avez raison... Ah ! je donnerais quelque chose pour connaître la vérité... Lucie a son secret... Il faudra bien qu'elle me le révèle...

Trois autres jours se passèrent : Lucie n'avait plus de fièvre ; elle ne délirait plus ; évidemment, elle marchait vers une guérison prochaine.

Elle était redevenue calme, apaisée ; elle ne criait plus, ne prononçait plus de phrases mystérieuses, mais elle continuait à se taire. Quand son père la pressait trop de questions, elle ne répondait que par des larmes ; un matin cependant, elle lui dit d'une voix sourde :

— Je t'en supplie, papa, ne m'interroge pas davantage ! Tu me fatigues inutilement. Je n'ai rien, je t'assure, aucun secret qui m'étouffe, comme tu dis... j'adore mon mari... et malgré les allusions que j'ai bien comprises, va, j'ai toute confiance en lui, en sa fidélité. Et crois-moi, je ne t'ai jamais autant aimé qu'en ce moment.

— Alors, répliqua M. de Beauval, pourquoi les mots incompréhensibles qui t'échappaient ? Pourquoi ces pleurs ?... En ce moment même, tu as peine à retenir tes larmes...

— Oh ! père ! c'est que ce que j'ai vu était si effroyable... ces morts... ces blessés ensanglantés... Ces gens qui hurlaient de peur !... L'affreux spectacle !...

M. de Beauval eut beau faire, ce fut toute l'explication qu'il parvint à tirer de Lucie.

Mme de Beauval ne fut pas plus heureuse.

Le docteur Oudry venait voir sa malade plusieurs fois par jour ; Mme de Freneuse semblait prendre plaisir à ses visites ; elle lui était reconnaissante des soins qu'il lui prodiguait ; quand dix jours après, elle fut complètement guérie :

— Docteur, lui dit-elle en lui tendant la main... laissez-moi vous remercier de tout ce que vous avez fait pour moi... Nous resterons amis, n'est-ce pas ?... Vous viendrez quelquefois voir votre pauvre malade ?

— Certes, j'en serais très heureux.

— Eh bien ! c'est convenu, je veux que vous me fassiez une visite tous les semaines...

Elle ajouta en riant :

— Dame ! voyez-vous, j'ai besoin d'être surveillée, moi ?... Songez donc, si j'allais redevenir folle !

— Vous, Madame ! oh ! il n'y a plus de danger... D'ailleurs, je ne le permettrais pas...

Le docteur Oudry devint donc un des familiers de la maison.

la jeune femme avait été victime du danger qu'elle avait couru... enfin de son entière guérison.

... répondit à son camarade:

— Je te remercie de tes bons soins. Du moment que Lucie est entre tes mains je suis sans inquiétude. Tiens-moi au courant de son état. Dis-lui que c'est toi qui peux la voir à chaque instant; c'est un bonheur qui m'a été donné avant un an... si je reviens jamais. Jusqu'ici, bien que souvent chargé de missions périlleuses, j'ai mis en bon compte... quelques égratignures sans importance. Mais le sort peut n'être toujours favorable dans cette guerre d'embuscade, je puis avoir une balle au moment où je m'y attendrai le moins. Si je suis tué, veille sur Lucie; je la confie à ton bonheur et à ton amitié; c'est mon trésor plus précieux.

M. Oudry montra cette lettre à Mme de Frenelle qui l'arrosa de ses larmes et la couvrit d'ardents baisers.

— Mon pauvre mari! lui dit-elle, quand son émotion fut un peu calmée, entre vos mains. Mon instinct ne m'avait donc pas trompée... m'attirait vers vous... Oui! j'ai pour vous, docteur, une très sincère sympathie et confiance en vous.

— Vous le pouvez, chère Madame, quoi qu'il arrive, comptez toujours sur mon dévouement et sur mon amitié...

— Quoi qu'il arrive, dites-vous, ou bien... « quoi qu'il soit arrivé »? Que voulez-vous dire?

— Si je n'étais pas la femme que vous croyez? Si je n'étais pas digne du nom que je porte? Si j'étais déshonorée?

— Vous, vous, Madame? C'est impossible!

— Ainsi bien voilà trop longtemps que le secret me pèse... Il me mine, me tue... Mais l'aveu que je vais vous faire, jurez-moi de le garder pour vous seul et de ne le révéler à personne, pas même à mes parents... encore moins à mon mari... Il en mourrait...

— Je vous en donne ma parole d'honneur... Mais parlez! Vous m'effrayez.

— Docteur, je suis une femme perdue... j'ai trahi la foi jurée... j'ai failli à mes devoirs d'épouse... j'ai trompé mon mari que j'adore... et le remords me brise le cœur.

— Que dites-vous?... Est-ce vrai?

— Ce n'est que trop vrai.

— Voilà donc l'explication de ces mots ambigus, de ces réticences qui me faisaient croire alors que vous déliriez!

— Ah! malheureuse femme!

— Oh! oui! bien malheureuse! Mais ne vous hâtez pas de me condamner! J'ai commis une faute pour laquelle ma conscience ne m'absout pas... mais du moins n'ai-je pas été coupable au sens absolu du mot... J'ai été le jouet d'un misérable... d'un lâche...

— Vous vous souvenez m'avoir dit que j'étais demeurée une bonne demi-heure dans le bureau de la gare du Nord où l'on m'a trouvée le jour de l'accident?

— Sans doute, étant donnée l'heure à laquelle il s'est produit et l'heure à laquelle vous m'avez appelé au secours.

— Eh bien! pendant cette demi-heure, tandis que je gisais évanouie sur un canapé, un homme est entré; profitant de mon évanouissement, il a osé ...raler mon corsage, me prendre dans ses bras...

— Oh! le gredin!

— Oui, Docteur, et quand je recouvris mes sens, j'étais déshonorée... flétrie!...

— Vous avez vu cet homme? Vous reconnaîtriez son visage?...

— Hélas! il faisait nuit... Rappelez-vous, à six heures, en novembre, un brouillard intense... Non! je n'ai pu distinguer ses traits. Il avait une lanterne allumée à la main; au moment où j'ouvris les yeux, il l'éteignit en m'assenant d'un coup de poing et disparut... Je réparai vivement le désordre de ma toilette et je me hâtai d'appeler au secours... Il était trop tard! le bandit devait être loin... Ou peut-être même était-il parmi les personnes qui accoururent à mon appel... que risquait-il? je ne le connaissais pas!...

— Ainsi vous ignorez tout de lui?... Aucun indice?

— Pardon! je sais son nom.

— Dites! dites vite!

— Octave Fresnays. Dans sa hâte de fuir après son crime, comme il m'a... tomber une miniature que je ramassai; je l'ai gardée, la voici. Du tiroir à secret d'un chiffonnier Mme de Frenelle tira la miniature que nous connaissons déjà et le tendit au docteur.

« Octave Fresnays, lut celui-ci à son fils Alfred, souvenir d'un père qui l'a bien aimé ! »... Octave Fresnays !... Cela ne me dit rien... C'est un homme jeune encore... à la physionomie sympathique... Comme on se trompe !... A le voir, on ne le croirait pas capable de l'ignoble attentat qu'il a commis...

« Pauvre femme ! Comme je vous plains !...

— Comprenez-vous maintenant mon désespoir ? Comprenez-vous pourquoi

— Ce n'est que trop vrai? (page 10).

je tremble à la pensée de revoir mon mari, si confiant, si bon ! Mon mari que je vénère, que j'adore et à la vue duquel je n'oserai jamais reparaître...

— Il ne faut pas vous désoler ainsi... Vous n'êtes pas coupable... Vous êtes la victime innocente d'un malfaiteur... Mais vous n'avez rien à vous reprocher... Votre époux lui-même vous absoudrait...

— Oh ! taisez-vous ! Ne dites pas cela ! Il ne faut pas qu'il sache... jamais, jamais !... cette idée me rend folle !...

— Calmez-vous, je vous en prie... Il ne saura pas, pas par moi du moins je vous l'ai juré !...

— Mais ne voyez-vous pas que j'ai peur de me trahir moi-même !... De quel front oserai-je supporter ses regards ! Ne verra-t-il pas mes angoisses mon trouble, ma rougeur... Il m'interrogera... me pressera de questions... et j'avouerai ! Malgré moi le fatal secret s'échappera de mes lèvres.

— Qu'importe ! Il vous pardonnera...

— Sans doute ! Il est généreux et ne voudra pas condamner une innocente... c'est certain ! Mais ne comprenez-vous pas ce que je veux... ce n'est pas son pardon, c'est son amour... Or après cette triste révélation, croyez-vous, mon ami, qu'il puisse encore m'aimer ?...

— Cependant...

— Allons donc ! vous savez bien que c'est impossible ! Il y aura toujours entre nous le souvenir de cette flétrissure !... je n'en suis pas responsable, mais elle n'en existe pas moins et jamais Guy ne pourra l'oublier. Oh ! je le sais... il m'absoudra, il me plaindra... il me témoignera de l'indulgence, de la pitié... il essayera de me montrer de la tendresse, de l'affection... il sentira combien je souffre et fera tout pour m'empêcher de souffrir... mais il ne m'aimera plus... jamais... parce qu'il ne pourra plus m'aimer... et c'est cette pensée qui me fait mourir... non... je ne survivrai pas à son amour défunt...

— Guy a un grand cœur et je suis persuadé...

— N'essayez pas de me leurrer, docteur. En vous-même vous sentez bien que j'ai raison. Quelle que soit la bonté de son cœur, Guy est perdu pour moi, bien perdu.

Lucie éclata en sanglots. M. Oudry ne savait plus que répondre pour calmer un si profond désespoir. Mme de Fredeuse voyait juste, malheureusement : elle n'avait qu'un moyen de conserver l'amour de son époux, c'était de le laisser dans l'ignorance de ce qui s'était passé : M. Oudry le lui dit :

— Oui, docteur, reprit-elle, il ne doit pas savoir... Et cependant !... oh ! ce n'est pas vous qui me trahirez ! Non, mais ce sera moi... C'est là ma terreur. Je suis franche... j'ai horreur de la duplicité, de l'hypocrisie... Pourrai-je garder mon secret ?

— Il le faut. Votre bonheur est à ce prix. Allons ! Courage !

— Je tâcherai...

Un long silence suivit cette conversation ; ce fut Lucie qui le rompit la première :

— Vous venez, fit-elle, mon ami, de recevoir ma confession... je vous ai dit mes angoisses et j'ai lu la pitié dans vos yeux... Eh bien ! à présent, j'ai un service à vous demander... et je ne puis le demander qu'à vous, car vous seul connaissez mon secret.

— Parlez. Vous savez que vous pouvez compter sur mon dévouement. Je vous suis très attaché, je vous assure.

— Je le sais, et je vais en user. Je voudrais retrouver Octave Fresnay.

— Pourquoi faire ?

— Pour me venger... J'irai chez lui et je le tuerai comme une bête malfaisante...

— Ne faites pas cela, je vous en conjure... Songez donc que si vous commettiez ce meurtre, on vous arrêterait ; un juge d'instruction vous interrogerait, vous passeriez en cour d'assises ; vous seriez acquittée, certes, mais pour excuser cet acte de violence, il vous faudrait avouer la vérité... le monde entier en serait informé... et votre mari serait le premier à l'apprendre... or cela, nous l'avons dit, il ne le faut pas... il ne le faut à aucun prix...

— C'est juste... Ainsi un monstre aurait abusé de moi tandis qu'un évanouissement me mettait hors d'état de me défendre... et je ne pourrais pas le châtier, me venger de sa lâcheté, de son infamie !... Non ! Non ! cela ne peut se passer ainsi... Le misérable doit être puni... et je le serai...

— Comment ?

— Je n'en sais rien encore... Je me rends à vos raisons. Le meurtre, j'y renonce. Il ne pourrait que rendre public mon déshonneur, tandis que mon innocence... Et puis, Guy me dirait peut-être que c'était à lui et non à moi de venger l'outrage... Il m'en voudrait de ne pas lui avoir avoué la vérité, de lui voir laissé ce soin... Non ! Non ! Je dois chercher autre chose... et soyez tranquille, je trouverai...

— Soit, mais soyez prudente... En attendant vous ne savez du personnage que son nom. C'est peu.

— Aussi ai-je compté sur vous pour rechercher l'individu.

— Et vous avez bien fait... Si c'est un commerçant, le bottin nous renseignera ; si c'est un homme du monde, nous avons le Tout Paris... Si les annuaires ne suffisent pas, je m'adresserai à un de mes clients, une sorte de police amateur et sans lui dire pourquoi, je le chargerai de mettre la main sur Octave Fresnay.

— Il s'appelle, votre policier amateur ?

— Mariolle.

IV

MARIOLLE, PRINCE DES PÊCHEURS

A Conflans-Fin-d'Oise, près d'Andrésy, à la jonctoin de l'Oise et de la Seine, au bord du fleuve, on remarquait une petite maison qui se composait uniquement d'une pièce, spacieuse d'ailleurs, surmontée d'un grenier auquel on grimpait par une échelle.

Cette pièce, avec ses deux fenêtres, donnant sur la Seine, sa grande cheminée où l'on brûlait des troncs d'arbres, auprès de laquelle se cachait modestement un fourneau à gaz, servait à la fois de vestibule, de salon, de salle à manger, de chambre à coucher, de cabinet de travail et de toilette, enfin la cuisine ; pas de salle de bain, car l'eau coulait au bas du jardin qui entourait l'immeuble, solennellement baptisé « Mariolle's palace », palais Mariolle.

C'est là qu'habitait du jour de l'ouverture de la pêche à celui de la ferme-ture, M. Joseph-Atride-César Mariolle, prince des pêcheurs : ce titre lui avait été discerné à l'unanimité par toutes les personnes de la région qui aiment à tremper du fil dans l'eau ; mais Mariolle n'en était pas plus fier pour cela.

Joseph-Atride-César Mariolle était de ces gens tranquilles et respec-tables qu'on appelle des « petits vieux bien propres ». Son âge ? Cinquante ? soixante ans ? A dix ans près. On ne savait pas, à vrai dire, il ne marquait plus ; chauve avec une couronne de cheveux blancs, le visage soigneusement rasé, vêtu simplement, il semblait un être terne, effacé, sans rien de remarquable que ses yeux.

Ah ! ces yeux ! Il les tenait toujours à demi fermés ; mais quand un poisson frétillait au bout de sa ligne, ils s'ouvraient, pétillaient, luisaient, con-tents et malicieux, et d'une incroyable mobilité ; c'était un éclair, puis les paupières se baissaient de nouveau, comme le rideau après la comédie, et le regard perçant disparaissait pour faire place à un regard éteint et doux.

Joseph-Atride-César Mariolle avait l'air d'un bon homme ; et il l'était.

Petit rentier, il habitait, en dehors du temps légal de la pêche, dans le haut de Montmartre, place du Tertre, une maisonnette semblable à celle de Fin-d'Oise, — une pièce et un jardin. Dans l'une comme dans l'autre, les meubles étaient semblables et disposés de la même façon ; ainsi où qu'il habitât, il n'y avait jamais rien de changé dns ses habitudes.

Il menait une vie régulière, se levait tôt et se couchait de même, et jamais ses plus proches voisins n'auraient fait attention à lui, s'il ne les avaient sou-vent étonnés par ses absences : un beau jour il disparaissait, et pendant une, deux, trois semaines parfois un mois, on ne le revoyait plus.

Un matin, il revenait comme si de rien n'était, ouvrait ses volets, ses fenê-tres, et reprenait son existence bourgeoise. Où allait-il ainsi ? Que faisait-il ? Mystère.

Ses deux maisons n'étant pas gardées, devaient pendant ces absences, ex-citer la convoitise des cambrioleurs. Une nuit, deux d'entre eux franchirent la petite grille du jardin de Montmartre, crochetèrent la porte de l'habitation et reculèrent épouvantés : une détonation retentit ; l'un des malandrins tomba, blessé au bras ; l'autre prit la fuite en poussant des cris d'effroi.

La porte se referma automatiquement. Depuis, jamais un voleur ne se hasarda à vouloir l'ouvrir.

On devine que M. Mariolle installait, avant de quitter son home, tout un mé-canisme qui faisait partir un coup de revolver au moment où la porte s'ouvrait, puis refermait celle-ci ; mais comme il aimait à plaisanter, il avait disposé son appareil de façon à ce qu'une lampe électrique s'allumât, et pour frapper l'ima-gination des imprudents qui essayaient d'entrer, il avait placé le revolver dans la main d'un squelette, debout et grimaçant sur le seuil.

Et cette apparition fantastique mettait en fuite les plus audacieux. Lorsqu'il rentrait chez lui, M. Mariolle rangeait le squelette dans une armoire, et le tour était joué.

Comme les annuaires n'avaient pas fourni au docteur Oudry les rensei-gnements qu'il souhaitait touchant la personnalité d'Octave Fresnays, le jeune médecin vint demander conseil à son ami Mariolle, qu'il avait soigné quel-que temps auparavant pour un coup de couteau reçu dans une bagarre ; le coup aurait pu être mortel ; la science du praticien et son adresse avaient triomphé du danger, et Mariolle lui avait voué une reconnaissance, un dévoue-ment sans bornes.

— Je suis bien heureux, dit-il à M. Oudry, après lui avoir désigné un bon fauteuil, bien heureux que vous ayez besoin de mes services... Je n'ai pas le génie des Nick Carter, des Lecoq ou des Sherlok Holmes, mais on m'accorde un peu de bon sens et l'on a souvent recours à mes modestes talents; ce qui vous explique mes absences mystérieuses qui excitent tant la curiosité de mes voisins... Mais ne parlons pas de moi. Que désirez-vous? De quoi s'agit-il?

— De retrouver un individu dont on ne connaît que le nom.

— Diable! C'est maigre.

— On a son portrait.

— Que ne le disiez-vous plus tôt! Et que fait-il, votre individu?

— Si je le savais, je ne serais pas ici.

— C'est juste!... Je voulais dire: qu'a-t-il fait? Pour quoi le cherchez-vous?

— Ce n'est pas mon secret, c'est celui d'une dame des plus honorables, chez laquelle je vais vous mener. Elle vous le révélera si elle le juge à propos.

Le docteur Oudry avait sa voiture place du Tertre; il y monta avec M. Mariolle et se fit conduire à l'hôtel du boulevard Malesherbes où Mme de Freneuse les attendait avec une fébrile impatience.

Lorsque Mariolle lui eut été présenté et qu'elle eut remarqué son air bonhomme, elle comprit qu'elle pouvait se fier à lui. Elle lui raconta donc l'aventure dont elle avait été victime et enfin lui montra le médaillon qui contenait le portrait d'Octave Fresnays.

Mariolle l'examina longuement, puis armé d'une loupe, il chercha la signature du peintre, s'il y en avait une.

— On dirait une miniature de Paladru, marmottait-il. Vous savez bien Paladru, qui fait de si jolies choses? Ses pastels et ses miniatures se vendent des prix fous. Les brillants qui entourent le portrait sont très purs. Il y en a pour plus de cent francs... Ce Fresnays-là ne doit pas être un purotin... Oh! pardon, madame! Je veux dire qu'il ne doit pas être dans la misère... Ah! voici des initiales: A. P., Albert Paladru, parbleu!...

« Bravo! Ça va marcher tout seul... Je le connais Paladru; il est de Montmartre, comme moi... Je vais aller le trouver et lui demander des renseignements sur l'original de ce portrait...

« Il est deux heures; à six heures, je serai ici et vous serez fixé, Madame, sur l'immonde personnage dont vous désirez vous venger... Et comme vous aurez raison!...

M. Mariolle salua et s'en alla. Il sauta dans un fiacre et se fit conduire chez Paladru. Mais Paladru étant sorti, on ne savait pas à quelle heure il rentrerait, ni même s'il rentrerait de la journée.

— Tant pis, je l'attendrai, dit-il à la bonne, et jusqu'à demain s'il le faut.

Celle-ci, qui connaissait Mariolle, lui répondit:

— A votre aise... je vais vous conduire à l'atelier... Il y a des livres, un divan, vous pourrez dormir... du tabac, vous pourrez fumer...

— Bien! Bien! merci! Je connais les aîtres et je saurai bien m'occuper.

Lorsqu'il fut seul dans l'atelier, Mariolle commença par admirer des dessins, des études, des esquisses du maître de céans; puis il songea qu'il lui fallait prévenir le docteur Oudry et Mme de Freneuse qu'il ne pourrait sans doute leur donner réponse que le lendemain, Paladru étant sorti et ne devant probablement pas rentrer pour dîner, puisqu'il n'avait pas commandé de repas à sa bonne.

Comme il s'approchait de la table pour écrire un petit bleu, il remarqua une coupe pleine de cartes de visite. Machinalement, il y jeta les yeux, la première qui le frappa fut:

OCTAVE FRESNAYS,

Ancien banquier,

à Lagny (Seine-et-Marne).

— Fresnays, banquier! Mais oui, c'est cela! fit le détective amateur. J'aurais dû me rappeler ce nom... Eh bien! je n'ai plus besoin d'attendre Paladru... j'ai l'adresse que je cherchais... Je vais à Lagny, je demande Fresnays sous un prétexte... je compare ses traits à cette miniature... et je reviens rendre compte de ma mission à cette pauvre petite femme si méchamment mise à mal par ce vieux polisson!

Mariolle appela la bonne de Paladru, la prévint qu'il reviendrait le lendemain voir son maître, qu'il ne pouvait attendre davantage, descendit jusqu'au boulevard Rochechouart où il arrêta un fiacre et enfin se fit conduire à la gare de l'Est.

Là il prit le premier train pour Lagny. Plongé dans ses réflexions, il

qu'à l'ordinaire, il semblait se tranquilliser... Tout à coup, ses
compagnons de voyage le virent s'agiter dans le coin du compartiment qu'il
occupait; il se frappa le front et s'écria à haute voix:

— Suis-je bête!

Personne ne lui ayant donné de démenti, il sembla se calmer et, tirant
la miniature de sa poche, il se mit à la considérer avec une profonde
attention.

— Qui est cet homme? murmura-t-il. Est-ce Octave? Est-ce Alfred? Que
dit en effet la dédicace? « Octave Fresnays à son fils Alfred. » La
phrase est ambigue. Toutefois, à bien réfléchir, ce portrait est celui de
l'aïeul. Reste à savoir qui l'a laissé tomber, et qui, par conséquent, est le
coupable présumé.

« La miniature a été donnée par un père à son fils; c'est donc le fils
qui l'a perdue. D'où je conclus que ce n'est pas Octave Fresnays que je
dois chercher, mais bien son rejeton, Alfred. »

En raisonnant ainsi, Mariolle raisonnait juste, dans son ignorance des
faits que seul connaissait le docteur Vanoise. Mais comment le détective
amateur aurait-il pu deviner qu'il y avait un rapport quelconque entre l'illustre maître et l'ancien banquier? Ce qui prouve qu'on peut raisonner juste
et être absolument dans le faux.

À Lagny, Mariolle alla d'abord à la mairie; il fut reçu par le secrétaire.
Son premier soin fut de lui montrer la miniature.

— Connaissez-vous ce personnage? lui demanda-t-il.

— Sans doute, répondit l'employé, c'est M. Octave Fresnays, le
banquier.

— Il habite Lagny... Pouvez-vous me donner son adresse?

— Ne dites pas: « Il habite », dites: « Il habitait ».

— Comment? n'est-il plus parmi vos administrés?

— Il est mort.

Cette nouvelle ne fut pas sans causer quelque surprise à M. Mariolle,
mais il se remit vite en songeant que le criminel qu'il recherchait, que l'au-
teur de l'attentat commis sur Mme de Freneuse, était d'après ses conclusions
non Octave, le père, mais bien Alfred, le fils.

Il reprit:

— Octave Fresnays est mort, c'est regrettable. Mais ce n'est pas lui
qui m'intéresse, c'est son fils, Alfred, car d'après la dédicace qui est au dos
de ce portrait, il laisse un fils, prénommé Alfred. Un grand garçon sans
doute, un gaillard, un coureur...

— Alfred, un gaillard? Il a quatre ans!

La foudre tombant aux pieds de M. Mariolle ne l'eût pas plus stupéfait.

— Quatre ans! Ce n'est pas lui! s'écria-t-il. Tout mon raisonnement
s'écroule comme un château de cartes.

— Lui, quoi? demanda le secrétaire de la mairie avec curiosité.

— Oh! rien! J'ai trouvé cette miniature dans la rue et je voudrais la
rendre à son propriétaire, voilà tout. Qu'est devenu cet enfant?...

— Ah! ça, je l'ignore et personne ici ne pourra vous renseigner mieux
que moi.

— Enfin que savez-vous touchant le père et le fils?

— Peu de choses... Je vais cependant vous dire tout ce que j'ai appris
sur leur compte... Il y a trois mois, M. Octave Fresnays vient à Lagny, loue
une villa, « Les Saules », à l'extrémité de la rue de la République. Il la
fit aménager luxueusement et s'y installa avec son fils, un enfant de quatre
ans comme je vous l'ai dit, et une vieille bonne, Anne-Marie Auvray. Un
mois après, cette femme mourut. M. O. Fresnays vint me trouver et me
demander les formalités à remplir pour acheter une concession à perpétuité
au cimetière et y faire enterrer sa servante.

« Je les lui donnai et nous causâmes. Il me raconta qu'il avait été banquier et qu'il s'était retiré après fortune faite. Veuf, n'ayant plus de parents,
même éloignés, sans autre héritier que son fils unique, il était venu pour
achever tranquillement ses jours ici. La ville lui plaisait, la villa qu'il avait
louée était confortable, plutôt trop grande, car il n'avait plus d'amis, ayant
depuis plus d'un an, depuis la fermeture de sa banque, rompu avec le monde,
avec toutes ses relations.

« Comme je m'étonnais qu'il eût fermé sa maison de banque et ne l'eût
pas vendue, il me répondit qu'il était assez riche pour se passer de cette spé-
culation. Le jour où il avait décidé de se retirer il avait payé ce qu'il avait
à payer, remboursé ses clients, indemnisé ses employés qu'il remerciait, en
un mot liquidé sa situation. Puis il avait voyagé et il venait enfin ici
chercher un repos bien gagné.

« Il m'a paru une espèce de misanthrope désabusé. »

« A quelque temps de là, il vint me voir et chercher un permis de chasse. Il m'annonça qu'il allait conduire à Londres son fils Alfred, désireux, disait-il, que l'enfant fût élevé en Angleterre. Il partit, il ne devait plus revenir.

— C'était à quelle époque ?

— A la fin d'octobre, si j'ai bonne mémoire.

— Et quand avez-vous appris sa mort ?

— Le 20 novembre, par une communication de l'Hôtel de Ville de Paris, ou plutôt de la mairie du 1er arrondissement. Le maire nous annonçait son décès et nous informait qu'il avait été enterré le 17 novembre au Père La-chaise, dans un caveau lui appartenant.

— Enterré le 17 ?... Il était donc mort le 16 au matin ou au plus tard le 15 au soir ?..

— L'acte de décès que nous avons dû enregistrer puisque M. Octave Fresnays avait son domicile légal à Lagny indique le 15, sans donner d'heure.

— Et de quoi est-il mort ?

— Le document est muet sur ce point, ce qui me permettrait de croire qu'il s'est suicidé.

— Suicidé ?

— Quand un acte de ce genre ne porte pas de cause de décès, c'est généralement qu'il y a eu suicide.

— D'ailleurs de quelque façon qu'il ait succombé, cela n'a rien à faire avec la restitution de ce médaillon à son héritier. Il me suffit de savoir qu'Octave Fresnays n'est plus de ce monde.

— Évidemment.

M. Mariolle rentra à Paris et alla rendre compte de sa mission à Mme de Freneuse et au docteur Oudry qui l'attendaient avec impatience.

— Madame, dit-il, à la marquise, votre vengeance est accomplie. Octave Fresnays s'est suicidé le lendemain de l'attentat commis sur votre personne.

— Le remords ! fit remarquer M. Oudry.

— Mais, continua Mariolle, il laisse un fils âgé de quatre ans auquel cette miniature revient de plein droit.

— Vous avez raison, répondit Mme de Freneuse, d'autant que je n'en ai plus besoin et que je ne tiens pas à garder cette figure qui m'est odieuse. Mettez-vous donc à la recherche de cet Alfred, rendez-lui son bien, et que je n'entende plus jamais parler de tous ces gens-là.

« Le coupable s'est fait justice. Dieu lui pardonne ! »

M. Mariolle partit pour Londres et se mit à la recherche du jeune Alfred Fresnays. Dans les divers collèges de la ville et de sa banlieue, il découvrit des centaines d'Alfred, ou de Fred, ou de Freddy, mais pas un Fresnays. Au bout de trois mois de démarches inutiles, tant à Londres que dans cinq ou six grandes villes, Manchester, Liverpool, etc., il fut obligé de revenir bre-douille.

Il rapporta le médaillon à Mme de Freneuse.

— Je vous remercie, lui dit celle-ci. En attendant qu'un hasard me fasse rencontrer cet Alfred, je conserverai ce portrait, non comme un souvenir heureux, mais comme celui d'une faute que je n'aurai pas trop de toute ma vie pour pleurer, quelqu'innocente que je sois.

V

L'ENFANT DU PÉCHÉ

On était arrivé ainsi au mois d'avril. Malgré toutes les distractions que M. et Mme de Beauval s'ingéniaient à lui procurer, Lucie semblait toujours aussi triste, aussi abattue.

Le docteur Oudry faisait de vains efforts pour la consoler et ramener sur ses lèvres de jeune femme un sourire qui n'aurait jamais dû les quitter. Le lieutenant de Freneuse, averti par le médecin de la mélancolie de son épouse, mélancolie attribuée à une trop longue séparation, avait beau adres-ser à la malheureuse les lettres les plus tendres, les plus passionnées, l'en-gager à sortir, à aller au théâtre, à voir du monde ; rien ne pouvait apaiser sa douleur.

Au contraire il semblait que chacune de ces lettres avait pour effet de raviver sa peine ; elle les lisait en pleurant, et après les avoir lues, elle s'isolait des heures entières dans son appartement, se refusant à voir qui que ce soit, même sa mère.

— Vraiment, disait M. de Beauval, elle a, femme, l'attitude de Lucie est incompréhensible. Je veux bien qu'elle ait été très éprouvée par cet accident de chemin de fer... Mais enfin, il y a cinq mois de cela ; elle a eu le temps de se remettre. On ne m'ôtera pas de l'idée qu'il y a autre chose.

— Je le crois aussi, répondait Mme de Beauval, mais quoi ?

— Hélas ! Ils devaient bientôt l'apprendre et avoir l'explication du mystère qui les intriguait et les inquiétait si fort.

Un matin le docteur Gudry vint faire une visite à Mme de Freneuse ; celle-ci le reçut dans son boudoir ; le jeune médecin remarqua qu'elle avait les yeux rouges et le visage plus désespéré que jamais.

— Vous avez encore pleuré, lui dit-il. Vous m'aviez pourtant promis d'être raisonnable.

Lucie mit un doigt sur sa bouche pour lui commander le silence, puis elle alla s'assurer que personne n'écoutait à la porte, elle revint s'asseoir auprès du docteur, lui prit les mains dans les siennes :

— Voyez, fit-elle, comme j'ai la fièvre. Je n'ai plus ni force ni courage.

— Allons donc ! Vous n'allez pas vous laisser aller, j'imagine !

— Écoutez, vous êtes mon ami et mon confesseur... Ce que je vais vous dire est tellement effroyable que vous-même comprendrez qu'il ne me reste plus qu'à mourir...

— Mourir, à vingt ans, vous !... Vous n'y songez pas... En voilà une idée !... Et vous allez peut-être me demander le meilleur moyen d'en finir avec la vie !

— Oui, mon ami, je désire que vous me donniez un poison qui tue sans faire souffrir et sans déformer les traits, car je veux rester belle, même dans la mort.

— Vous êtes folle ! s'écria avec indignation le docteur bouleversé. Oh ! pardon ! mais c'est qu'aussi vous me feriez sortir de mon caractère ! Vouloir mourir parce qu'il y a cinq mois un individu a abusé de ce que vous étiez sans défense pour... Ah ! tenez ! vous me feriez dire des sottises !... Car entre nous, au fond, eh bien ! c'est un malheur, évidemment, mais en somme personne n'est au courant de cet accident, et vous-même, vous l'oublierez...

— Jamais... Quelque chose, hélas ! me le rappellera éternellement.

— Quelque chose ? Quoi donc ? Vous parlez par énigmes... qu'est-ce qui pourrait raviver continuellement dans votre mémoire ce souvenir douloureux ?

— Quoi donc, dites-vous ?... L'enfant.

— L'enfant ? que signifie ?... J'ai peur de comprendre !... Oh ! ce serait horrible !

— Oui, mon ami, vous avez compris et c'est horrible... Je vais être mère.

— Grands dieux ! Oh ! malheureuse femme ! Mais êtes-vous bien certaine ?

— Presque... Aussi je vous prierais de vous en assurer.

Le docteur se prêta de bonne grâce à ce que Mme de Freneuse lui demandait. Lorsqu'il eut achevé son examen, il baissa la tête ; il n'osait prononcer les fatales paroles qui équivalaient à une condamnation.

— Eh bien ! reprit Lucie. Vous le voyez, je ne m'étais pas trompée. Votre silence est un aveu.

Je vous plains de tout mon cœur... Quel affreux malheur !

— Vous comprenez donc bien qu'il ne me reste plus qu'à mourir. Cacher l'accident, comme vous appelez ma faute involontaire, l'oublier peut-être, c'était encore possible ! Mais cacher le résultat de cette faute... Comment y arriver ? Faire disparaître l'enfant ! Je n'y ai même jamais songé... je n'irai pas commettre un crime pour en effacer un autre... Le mettre au monde et l'abandonner ensuite... je n'en aurais jamais le triste courage. C'est la chair de ma chair, le sang de mon sang... Et ce qui est plus horrible encore, mon ami, c'est que je l'aime déjà...

« Quant à informer mon mari du malheur qui me frappe, c'est impossible. Comment introduire à son foyer cet enfant de l'adultère, le fruit du péché ! Quelle que soit sa grandeur d'âme, il n'acceptera jamais auprès de lui ce témoignage vivant de ma faute.

— Qui sait ? Peut-être... je lui expliquerais les circonstances... je plaiderais votre cause...

— Non, mon ami. Non, c'est inutile. Je connais Guy... Il aura pitié de moi, sans doute, il me plaindra... mais il me retirera son affection et il chassera loin de nous le pauvre innocent... Guy n'est pas un saint... Ce n'est qu'un homme...

« Non ! voyez-vous, il n'y a qu'une solution... Partir, l'enfant et moi, pour un monde meilleur.

— Pardon ! Il y en a une autre... La fuite... Vous avez une fortune personnelle qui vous permet de vivre largement... Partez... Allez à l'étranger... Changez de nom... et élevez l'enfant... C'est le devoir d'une mère... Vous êtes rait une illusion... Et avez-vous le droit de le tuer, lui, l'innocent peut-être, à qui vous allez donner l'existence?

— Partir! Quitter les miens!... Et quand mon Guy reviendra, il trouverait la maison déserte!

— Il la trouverait tout aussi déserte si vous mettiez fin à vos jours!

— Oui, mais il pleurerait ma mort! Il ne se consolerait jamais de mon abandon! Morte, il honorerait ma mémoire; si je désertais son foyer, il me maudirait... Et ça, je ne le veux pas... Je veux qu'il garde de moi un souvenir très doux, celui de notre première année de mariage où nous nous sommes tant aimés!... Je mourrais de chagrin et de honte s'il pouvait concevoir de mon départ quelque mauvaise pensée, faire je ne sais quelle supposition, dire que Lucie n'était qu'une catin comme les autres. Elle ne m'aime pas, elle ne m'a jamais aimé...

— Et d'ailleurs, si je suivais votre conseil, si je m'exilais... Pourrais-je, lui vivant, me retenir de lui écrire... résisterais-je à l'envie de rentrer, de me jeter dans ses bras, de lui crier: « Je t'aime! je t'adore! Ne me chasse pas!... »

— Quelle serait notre existence ensuite?... Non! Il faut que je meure...

— Je me suis mal expliqué, ou vous m'avez mal compris. Je ne vous conseille pas de vous exiler à jamais... Allez en Italie, par exemple, faites vos couches et attendez... Lorsque Freneuse rentrera, je le verrai, je lui apprendrai la vérité.

— Jamais!

— Il le faut. Il sera d'abord très malheureux... Puis la raison reprendra le dessus. Je me charge de lui dire les mots qu'il faut pour le ramener à des sentiments d'indulgence et d'équité... Vous verrez qu'un jour, c'est lui qui vous écrira: « Reviens ». Et il vous tendra les bras... Donc partez... allez, attendez avec patience... Attendez tout de l'action du temps, de la justice divine, et de la bonté du cœur de votre époux!

— Peut-être avez-vous raison... Je veux encore réfléchir.

— Soit... Je vous laisse, je reviendrai demain; mais jurez-moi que vous n'attenterez pas à vos jours.

— Je vous le jure, mon ami.

Le lendemain, quand le docteur Oudry se présenta à l'hôtel du boulevard Malesherbes et demanda Mme de Freneuse, le domestique lui répondit que Madame la Marquise l'attendait dans la bibliothèque de son père; il en fut un peu surpris, mais il s'y rendit sans en demander davantage.

Là, il trouva M. et Mme de Beauval et leur fille; on le fit asseoir.

— Docteur, dit Lucie, j'ai à vous remercier des bons conseils que vous m'avez donnés hier... sans vous, j'allais faire une folie... et vous le savez, je n'en ai pas le droit... Je me range donc à votre avis... je vais partir... mais je ne veux pas fuir... je tiens à ce que mon père et ma mère soient informés des raisons majeures qui dictent ma conduite... Je désire qu'ils sachent la vérité.

— Mais comme je n'aurais jamais le courage de leur faire moi-même l'aveu que je leur ai promis, ayez l'obligeance, vous qui êtes mon ami, vous qui savez tout, de les informer des terribles circonstances qui ont fait de moi l'être désemparé que je suis devenue.

— Je connais leur affection; ils compatiront à ma douleur et la partageront...

— C'est donc bien grave? demanda M. de Beauval en entendant ce discours solennel.

— Hélas, oui! monsieur! répondit le docteur, vous allez en juger.

Et il fit aux parents de Lucie atterrés, le récit des faits que nous avons racontés.

On juge de la consternation de M. et de Mme de Beauval; mais lorsque le docteur eut terminé, la comtesse que les sanglots étouffaient, tendit les bras à sa malheureuse fille qui s'y précipita en pleurant.

Quant au comte, il était si ému, si troublé, qu'il ne pouvait parler; enfin il parvint à se dominer et c'est d'une voix encore mal assurée qu'il adressa à son enfant les mots de pardon et de miséricorde que M. Oudry espérait.

— Infortunée victime, lui dit-il, à vingt ans, en pleine jeunesse, en plein rêve de bonheur tu subis une atroce épreuve. Si l'affection de ton père peut être une consolation à une aussi cruelle douleur, je te jure que je te la conserve toute entière... Ma tendresse, celle de ta mère, ne te feront jamais défaut... Nous unirons nos efforts pour t'adoucir la route de la vie, dans laquelle après les roses de la première année, tu ne dois plus trouver que ronces et épines... Va, mon enfant, nous te plaignons de tout notre cœur et t'aimons bien...

— Mais d'abord relève la tête... tu n'as rien à te reprocher...

à l'âme trop haute pour le rendre responsable d'une faute dans laquelle tu n'es qu'une victime innocente... Cependant, comme tu le disais avec raison, Guy n'est qu'un homme... Il faut donc le préparer doucement à la pénible révélation... Avec l'aide de M. Oudry, je m'en charge...

« Auparavant, selon les conseils de notre ami, conseils dictés par la prudence la plus élémentaire, tu iras faire tes couches loin de Paris, et quand tu pourras revenir, quand je serai sûr que ton mari te tendra les bras sans arrière-pensée, je t'écrirai.

— Et moi, ajouta Mme de Beauval, ma chérie, je t'accompagnerai. C'est un devoir sacré pour une mère de ne pas abandonner son enfant dans d'aussi douloureuses circonstances... Et ne serait-ce pas un devoir, que mon amitié pour toi m'aurait dicté ma conduite.

Puis s'adressant à M. de Beauval :

— Nous n'avons jamais été séparés, mon ami, lui dit-elle. Mais aujourd'hui, quoi qu'il m'en coûte de te quitter pour longtemps peut-être, tu me permettras de te sacrifier à ma fille bien-aimée...

« Et que ferait-elle si sa pauvre maman n'était pas auprès d'elle pour sécher ses larmes et donner les premiers soins à son enfant ?

— Tu es une brave femme, répondit le comte, et je t'approuve, quelque chagrin que j'ai de te voir partir... mais tu le dois... Ce que je vous demande seulement à toutes deux, c'est de ne pas vous fixer trop loin, que je puisse de temps en temps, quand mes affaires me le permettront, aller vous embrasser.

— J'ai conseillé l'Italie, interrompit le docteur, et de préférence Nervi. C'est une petite plage à côté de Gênes où l'air est excellent. À un peu plus de deux kilomètres de la ville, elle est reliée à celle-ci par de nombreux tramways on peut donc se rendre à Gênes toutes les fois qu'on a besoin de distraction et demeurer à Nervi quand on souhaite le repos.

« Enfin et c'est ce qui me fait tenir particulièrement à Gênes, c'est que j'y ai pour ami le premier accoucheur de l'Italie, le professeur Pietro Darena, de la Faculté de Médecine. Je serais heureux de lui confier Mme de Freneuse : elle serait en bonnes mains.

— C'est un homme sérieux, à ce que je vois, demanda la comtesse, on peut avoir toute confiance en lui ?

— Assurément, Madame, répondit M. Oudry, vous pouvez compter sur lui comme sur moi-même.

— Et sur sa discrétion ?

— Sur sa discrétion aussi, certes. Je connais peu d'hommes aussi francs, aussi loyaux.

— Je vous remercie. C'est tout ce que je voulais savoir. J'ai un projet que je garde pour moi jusqu'à nouvel ordre... et que je vous dirai aux unes et aux autres lorsque j'aurai causé avec M. Darena. Jusque-là excusez-moi d'en garder le secret.

Il fut donc décidé que les deux femmes partiraient pour Gênes dès que la position de Mme de Freneuse ne pourrait plus être cachée aux yeux du monde.

Quinze jours après la grossesse de la malheureuse femme commençait à devenir par trop visible ; l'accouchement, selon le docteur Oudry, devait avoir lieu au mois d'août.

Le 5 mai 1896, Mme de Beauval et Mme de Freneuse prenaient à 9 h. du soir à la gare de Lyon le rapide de la Côte d'Azur ; le lendemain, elles débarquaient à Gênes.

Elles s'installèrent à Nervi, dans une jolie villa magnifiquement meublée, appelée « Les Colombes » ; elles prirent à leur service une cuisinière, deux femmes de chambre et un cocher, tous quatres gens du pays, que leur avait recommandé le professeur Darena, auquel elles avaient rendu visite, munies d'une lettre d'introduction du docteur Oudry.

L'illustre Maître les avait reçues avec une réelle cordialité ; il s'était mis à leur entière disposition « non seulement comme médecin, avait-il dit, mais comme ami ».

— Oudry, avait-il ajouté en s'adressant à Lucie, m'a écrit de quel attentat vous avez été victime. Je vous plains très sincèrement... Permettez-moi de vous offrir non seulement l'assurance de tout mon respect, de toute ma sympathie, mais aussi de mon plus complet dévouement.

Les deux femmes avaient donc organisé leur existence à leur gré, existence toute de repos et de tranquillité ; Mme de Beauval voulait rendre la paix à l'âme ulcérée de sa fille, et nul endroit n'eût été plus propice à cette cure morale que celui qu'elles avaient choisi.

Quelques jours après leur arrivée, Mme de Freneuse se sentant un peu fatiguée, avait manifesté le désir de demeurer à la villa, sa mère se rendit donc seule à Gênes où, disait-elle, elle avait des achats urgents à faire pour parachever leur installation.

En réalité, elle alla chez le professeur Pietro Darena, qui demeurait à cette époque Via Roma, près du théâtre Carlo Felice. Elle eut avec lui une conversation qui dura plus d'une heure. Que se dirent-ils ?

Quand elle sortit de chez le Maître, elle rayonnait ; pour lui, il semblait sombre et préoccupé.

— C'est de la folie, murmurait-il. Je n'aurais pas dû céder.

Le lendemain, Mme de Freneuse fut toute étonnée en regardant Mme de Beauval de constater que sa taille semblait avoir épaissie.

— Ma pauvre enfant, lui dit alors celle-ci, tu m'examines... J'ai grossi, hein ?.. Hélas ! Ce qui m'arrive est ridicule à mon âge, une vieille femme comme moi ! Je vous demande un peu ! Si je m'attendais à ça ! C'est absurde...

— Vieille, maman, vous, répondit Lucie ! vous avez trente-sept ans, c'est la jeunesse.

— Mettons la maturité.

— Mais achevez.

— Ah ! C'est que c'est si difficile à dire... Tu vas te moquer de moi...

— Oh ! maman, pouvez-vous croire ?..

— Enfin... Aujourd'hui que malgré tous mes soins à la dissimuler, la chose est visible... je suis bien forcée d'avouer... Moi aussi, mon enfant, je vais être mère !

VI

LES DEUX MÈRES

Ce fut Mme de Freneuse qui se chargea d'annoncer à son père et à son mari l'heureux événement.

En recevant sa lettre, M. de Beauval fit la grimace

— Que va-t-on penser de nous, se demandait-il ?... Le monde est si méchant. Bah ! après tout, n'est-ce pas notre droit d'avoir des enfants ? Cela est peut-être plutôt... singulier à notre âge... mais s'il nous plaît de nous singulariser, cela ne fait de mal à personne.

« Je suis assez riche pour élever trois rejetons... Et quand je dis trois ! ma fille est casée... Mon fils, qui prend le chemin de devenir un bien mauvais garnement, est pour nous comme un étranger... Ma foi, je serai heureux de faire sauter un bébé sur mes genoux !... Prenons-en gaîment notre parti... Rions les premiers de la surprise et nous aurons les rieurs de notre côté. »

Pour Guy de Freneuse, il répondit à sa femme en la priant de féliciter sa belle-mère.

Il ajoutait :

« Jusqu'ici le Ciel n'a pas béni notre union, ma chérie. Et cela me désespère. Je voudrais tant bercer dans mes bras un petit être façonné à ton image, qui serait beau comme toi et à qui tu aurais donné avec ton sang un peu de ton cœur... Ce grand bonheur me sera-t-il donc toujours refusé ? »

Lucie laissa tomber la lettre de ses mains et de grosses larmes coulèrent sur ses joues ; ce bonheur que souhaitait son Guy, allait lui être donné ! Elle allait mettre au monde un enfant, mais ce serait l'enfant d'un misérable coquin !

Le professeur Darena venait souvent à la villa des Colombes ; il s'était pris d'une sincère amitié pour les deux femmes et leur prodiguait sans compter les soins nécessaires à leur état.

Un jour, avant de les quitter, il leur dit en riant :

— Savez-vous que d'après mes calculs vous allez mettre au monde vos enfants le même jour, à quelques heures près ?... Je serai obligé de me dédoubler.

— Mais, lui répondit Mme de Freneuse, cher Maître, ne vous ferez-vous pas aider par deux sages femmes ?

— Oh ! ça, jamais ! s'écria vivement M. Darena. J'opère toujours seul et je n'admets une garde auprès de la nouvelle accouchée que lorsque tout est terminé.

Mme de Beauval lui adressa un regard dans lequel il y avait de la reconnaissance.

Le médecin ne s'était pas trompé : il ne pouvait pas d'ailleurs se tromper ; plus tard on saura pourquoi.

Donc, le 14 août dans la soirée, presque simultanément les deux femmes furent prises des premières douleurs.

Deux garde-malades envoyées par le professeur Darena, vinrent faire les préparatifs nécessaires ; Mme de Beauval et Mme de Freneuse furent couchées au premier étage dans deux chambres voisines, communiquant par une porte qu'on laissait entr'ouverte pour leur permettre de se parler.

Les gardes s'installèrent à leur chevet, les encourageant, leur donnant les petits soins les plus urgents.

Les douleurs augmentèrent, devinrent plus fréquentes ; les deux femmes geignaient. Aux gémissements de Mme de Freneuse répondaient les lamentations de Mme de Beauval.

Tout en sommeillant dans un fauteuil auprès de Lucie, M. Darena attendait. La nuit se passa ainsi.

Au matin du 5 août, vers six heures, le médecin déclara que le moment fatal approchait et ordonna aux deux gardes d'aller attendre au rez-de-chaussée de la villa qu'il les rappelle, puis il ferma à clé les portes des chambres, excepté celle de communication.

Dans la chambre de Mme de Beauval, il avait préparé sur le lit même de celle-ci un gros paquet : « de l'ouate, avait-il dit. Prière de n'y pas toucher pour ne pas la contaminer, car elle est aseptisée. »

Enfin Mme de Freneuse poussa un grand cri, fit un suprême effort et à demi évanouie, se laissa tomber sur ses oreillers, inerte.

Un enfant était né ; M. Darena le prit vivement, le porta à Mme de Beauval qui, chose singulière dans son état, l'attendait sur la porte de communication et le lui prit des mains, puis il alla donner ses soins à Lucie.

Celle-ci reprenait peu à peu conscience :

— Eh bien ! docteur, dit-elle. C'est fait ?

— Oui, mon pauvre petit, c'est fini... Vous êtes délivrée...

— Et l'enfant ?

— Hélas !

— Mort ?

— Oui, madame. Mort-né... Mais ne trouvez-vous pas que cela vaut mieux ? Le Ciel n'a pas voulu laisser vivre ce produit d'un crime... En somme le père et son enfant sont morts... Il ne reste plus trace de votre... accident. Vous pourrez aborder votre mari la tête haute...

— Vous avez raison, docteur. Ainsi tout s'arrange... Je n'aurai plus à rougir devant mon Guy et la plus grande douleur qu'il aurait pu avoir, lui sera épargnée... Et cependant... Ah ! cher docteur, pendant ces quelques heures de souffrance, j'ai tout de même compris ce que c'était qu'être mère. Je vous en prie, montrez-le moi...

— M. Darena alla dans la chambre de Mme de Beauval et en revint avec le cadavre d'un nouveau-né.

— Il aurait été beau ! murmura Lucie et elle fondit en larmes.

Mais sa mère poussait des cris ; le médecin se précipita à son aide, emportant le petit corps. Un dernier hurlement de douleur...

Lucie maintenant écoutait :

— C'est horrible ! dit-elle. Pauvre maman ! Comme elle souffre !

Un grand silence se fit tout à coup, il fut interrompu par un vagissement léger.

— Le sien vit ! pensa Mme de Freneuse et elle en ressentit un sentiment de jalousie, d'ailleurs aussitôt réprimé.

M. Darena reparaissait sur la porte.

— Mme de Beauval vient de mettre au monde une fille, dit le docteur à Lucie. Vous avez une sœur chère Madame. Votre mère désire que vous soyez sa marraine. Comment l'appellerons-nous ?

— C'est aujourd'hui le 15 août, répondit Mme de Freneuse. Le nom de Marie est tout indiqué, et si mère veut, nous ajouterons celui de Louise, du prénom de notre grand-père qui s'appelait Louis, comme mon père d'ailleurs.

— Va pour Marie-Louise ! reprit le docteur. Je vais donc déclarer l'enfant à la mairie de Gênes, d'où dépend Nervi, et au Consulat de France sous le nom de Marie-Louise, fille légitime du comte de Beauval et de la comtesse née Pavillon, son épouse... J'emmènerai comme témoins deux de mes élèves.

Le Maître appela les gardes-malades ; il confia Mme de Freneuse à la plus âgée et pria l'autre de s'occuper de Marie-Louise en attendant la nourrice qu'il avait demandée et qui allait arriver.

— Pour Mme de Beauval, ajouta-t-il, laissez-la reposer, je lui donnerai moi-même les soins dont elle a besoin... Pour l'enfant mort-né...

Mme de Freneuse l'interrompit :

— Vous allez être obligé de le déclarer aussi, docteur, et mon nom va figurer sur les registres de l'État-Civil.

— Tranquillisez-vous, mon petit ; je déclarerai un enfant mort-né du sexe masculin, de père et mère inconnus. La loi m'y autorise.

— Soyez béni, docteur !

Quelques instants après, une nourrice se présentait, une forte piémontaise qui s'emparait de Mlle la vicomtesse Marie-Louise de Beauval et lui offrait un sein sur lequel le bébé se précipitait goulument...

Puis les gardes allèrent chercher un petit cercueil dans lequel on enferma l'enfant de Mme de Freneuse que le docteur Darena emporta avec lui à la mairie : la nourrice l'accompagnait avec Marie-Louise : deux jeunes médecins, élèves du Maître, l'attendaient ; les formalités de l'état-civil accomplies, l'enfant mort-né fut envoyé à la Morgue et l'enfant vivant ramené à sa mère, et à sa sœur.

Dix jours après, les deux xfemmes entièrement rétablies, purent se lever ; elles se jetèrent dans les bras l'une de l'autre ; et Mme de Beauval montrant Marie-Louise à Lucie, lui dit :

— Tu l'aimeras bien, n'est-ce pas ?

— Comme ma propre fille ! répondit la marquise.

Le professeur Darena et la comtesse échangèrent un regard d'intelligence.

DEUXIÈME PARTIE

L'Expiation

I

LE DOCTEUR MIRACLE

Sur la route de Bonneville à Thonon, on trouve au pied des Monts Voirons le petit village de Malvilly, et au sortir du village la Tour du Langin.

Située sur une hauteur, cette tour, ancien vestige du moyen-âge, est un centre d'excursion assez fréquenté ; de sa plateforme supérieure, en effet, on découvre une vue admirable sur le lac Léman, les cantons de Genève et de Vaud, les montagnes du Valais et une partie de la Savoie.

Elle est inhabitée ; toutefois, elle est garnie de quelques meubles de première nécessité, une table en bois blanc, quatre chaises de paille, et, accroché au mur, un téléphone.

Sur le mur opposé à l'appareil, on peut lire cette inscription :

« Tous les objets qui sont dans cette tour appartiennent au public et sont placés sous sa sauvegarde. »

Cela suffit ; de mémoire d'homme, jamais les voleurs n'ont cherché à faire main basse sur le mobilier rudimentaire qui orne cet intérieur plus que modeste.

Quant au téléphone, il ne communiquait pas avec le bureau de poste voisin : c'était un téléphone privé qui reliait la Tour de Langin au Chalet de Prataire, au sommet des Voirons.

Tour et chalet appartenaient au même propriétaire, le docteur Miracle.

C'était un singulier personnage que ce Docteur Miracle.

Son âge ? Soixante ans. Cependant, sa force était proverbiale ; d'un coup d'épaule il relevait un charriot embourbé ; si quelque sapin, abattu par l'orage, au travers de la route, venait mettre obstacle au passage du véhicule, il soulevait le sapin et sans effort le rejetait sur le côté.

Sa science n'était pas moins célèbre dans le pays que sa vigueur : depuis près de vingt ans qu'il était venu s'installer dans la montagne, il avait fait des cures merveilleuses ; sa réputation s'était répandue dans toute la Savoie ; se présentait-il un cas difficile, désespéré, à Thonon, à Genève, à Chambéry,

Bonneville, à Annecy, on allait à la Tour de Langin ; on appelait au téléphone ; une voix répondait :

— J'écoute.

On disait :

— Le Docteur Miracle est prié de se rendre à tel endroit, chez un tel.

— J'irai ! disait encore la voix et la communication était aussitôt coupée.

Si loin qu'on le mandât, il accourait ; dans les premiers temps, il arrivait à bicyclette ; à présent il avait une motocyclette qui lui permettait de faire chaque jour un plus grand nombre de visites. Il était sans cesse par voies et par chemins, par monts et par vaux.

A la fin de novembre 1895, il était arrivé à bicyclette à l'unique auberge du village et avait demandé une chambre ; il s'était fait inscrire sous le nom de Gaston Maurel, rentier, venant de Paris. Le lendemain, seul, sans guide, il allait excursionner dans les Voirons ; le surlendemain il achetait et payait comptant la Tour du Langin, le Chalet de Pralaire et trois mille mètres de terrain boisé sur le plateau.

Huit jours après, arrivait la maison démontable avec des ouvriers qui l'installèrent ; le soir même il allait l'habiter et, depuis dix-huit ans, il ne l'avait pas quittée.

Il vivait seul, faisant son ménage et sa cuisine ; chaque samedi il venait à Machilly, au marché, s'approvisionner pour la semaine ; il ne semblait pas difficile, se contentait d'aliments très simples, surtout de légumes et de fruits, et ne buvait jamais ni vin ni alcool.

Ce qui, dès son arrivée, lui valut la considération de ses nouveaux concitoyens, c'est qu'il payait royalement, rubis sur l'ongle ; il avait toujours de l'or plein ses poches ; il semblait possesseur d'une fortune inépuisable.

Au début, on s'inquiéta de lui, de ses allures mystérieuses ; mais comme il était riche, on déclara que c'était un « fier original », et l'on ne s'en occupa plus.

Un jour, un pauvre chien errant le suivit. Le docteur Miracle l'adopta et le baptisa Nemo.

Le chien voua à son maître improvisé une fidélité, une affection de tout instant et ne le quitta plus.

Quel était donc ce M. Maurel ?

Pourquoi était-il venu s'enterrer dans la montagne ? Quelle étrange misanthropie le poussait à fuir ainsi la société de ses semblables ?

Sa vie d'ermite avait une raison : cette raison s'appelait le remords. Oui ! cet homme avait été un maître ; il avait été l'un des médecins les plus célèbres de son temps et de son pays ; et maintenant il avait rejeté au loin célébrité, honneur, fortune, de lui-même il s'était exilé ; il avait fui le théâtre de ses succès, parce que dans une heure d'égarement il avait commis un crime odieux.

Il voulait expier !...

II

L'ATTENTAT

— Je te fais donc peur, petite Lina ?

— Oh ! non, Monsieur Louis. Mais maman ne veut pas que je sorte seule avec vous.

— Pourquoi ? Nous ne faisons pas de mal, j'imagine.

— Maman dit que ce n'est pas convenable...

— Elle est folle, ta mère !... Allons, Lina, dis-moi la vérité ; tu m'aimes bien un peu pourtant ?

— Je ne sais pas...

— Enfin... Tu as du plaisir à te trouver avec moi ?... N'est-ce pas gentil de nous promener ainsi, nous deux ?...

— Oh ! oui, Monsieur Louis... bien sûr... Mais que pensera-t-on à voir un beau Monsieur comme Monsieur le Vicomte, bras dessus bras dessous avec une simple femme de chambre comme moi ;

— Qu'importe ce qu'on en pensera !... Et puis tu n'es pas une femme de chambre ordinaire... Tu es la sœur de lait de ma sœur et sa compagne plutôt que sa domestique... Tu sors bien avec elle, tu peux bien sortir avec moi...

— Oh ! ce n'est pas la même chose... J'ai été élevée avec Mademoiselle, je l'aime bien, Mademoiselle... je lui suis tout... voilà, tandis que vous, Monsieur le Vicomte...

— Tandis que moi?

— Je ne vous connais pas encore.

— Eh bien! nous ferons connaissance...

— Il y a à peine huit jours que vous êtes arrivé au château, et déjà j'ai été grondée plusieurs fois à cause de vous. Hier encore, Madame votre mère m'a déclaré que je me tenais fort mal avec vous et que si je continuais, elle me chasserait ainsi que Maman... Et alors où irions-nous?... Voyez-vous, si je devais quitter Mademoiselle, je crois que j'en mourrais de chagrin!

— Petite sotte! Et ne serais-je pas là pour te recueillir, te consoler. Je t'emmènerais avec moi à Paris... je t'installerais dans un joli appartement, je pourvoirais à tous les besoins. Je satisferais à tous tes caprices... Mon père et ma mère me donnent beaucoup d'argent. Ma sœur aînée aussi... Va, tu ne serais pas à plaindre... Tu aurais une automobile... des toilettes... des bijoux... tout ce que tu pourrais désirer... Ton existence se passerait dans les fêtes, dans les plaisirs...

Ce dialogue s'échangeait dans la clairière du Calvaire, entre un jeune homme de vingt-huit à trente ans, de ceux qu'on appelle des « snobs », très élégant mais chétif, petit, malingre, aux traits usés, flétris, vieux avant l'âge, et une très jolie jeune fille de dix-huit ans, aux cheveux d'ébène, aux grands yeux noirs innocents, à la physionomie ingénue et candide, dont la mise modeste de demoiselle de compagnie contrastait singulièrement avec les vêtements riches et à la dernière mode de son interlocuteur.

Le jeune homme, sur le visage duquel se lisaient les pires instincts, employait sur la pauvre enfant sans défense ses moyens de séduction les plus efficaces.

Tous deux étaient assis aux pieds de la croix, sur cette pierre où le docteur Miracle aimait à se reposer.

La jeune fille résistait de son mieux; tout à coup, à l'improviste, il l'embrassa sur les lèvres; elle poussa un cri:

— Sainte Madone! s'exclama-t-elle, que faites-vous? Laissez-moi, laissez-moi ou j'appelle!

— Oh! appelle tant que tu voudras! Qui veux-tu qui t'entende dans cette solitude?...

Une seconde fois, il essaya de retrouver les lèvres de la petite; elle se débattit en criant:

— Au secours! Au secours!

— Tais-toi! Tais-toi donc! répliqua le jeune homme en lui mettant la main sur la bouche.

Mais elle était folle de terreur, elle se défendait, griffait.

Celui qu'elle avait appelé Monsieur Louis était pourtant le plus fort. La lutte entre eux était trop inégale.

Elle, épuisée, meurtrie, se sentit perdue.

— Tu es à moi! cria-t-il, ivre de désir.

— Pas encore! fit une voix derrière lui.

Une main robuste l'empoigna par le col de son veston, le redressa, et l'envoya rouler à plusieurs pas de là, sur le sol.

Puis M. Maurel, car c'était lui, releva la malheureuse jeune fille qui sanglotait.

— Merci! Merci! dit-elle d'une voix entrecoupée par les larmes. Sans vous, Monsieur, j'étais perdue! Vous m'avez sauvé l'honneur et la vie.

Le jeune homme, tout étourdi de sa chute, s'était redressé. Fou de colère, il allait se jeter sur le docteur Miracle, mais Nemo était devant lui, en grognant, montrant ses longs crocs dans sa gueule rouge. Cette attitude menaçante avait eu le don d'apaiser la fureur du vicomte Louis.

— Monsieur, dit-il au docteur Miracle d'un ton insolent, vous me rendrez raison.

— Moi! répondit M. Maurel avec un geste dédaigneux, moi! rendre raison à un chenapan, à un polisson de votre espèce! Vous ne voudriez pas! Votre lâche conduite mérite une correction qui vous ôte à tout jamais l'envie de recommencer...

Je vais vous reconduire à votre père, et s'il est un honnête homme, comme je le suppose, j'espère qu'il vous traitera comme vous le méritez... Conduire une jeune fille innocente et pure!... Ah! tenez, vous me dégoûtez! Vous n'êtes qu'un misérable!

— Votre nom, Monsieur!

Le vicomte Louis baissait la tête; il semblait comprendre enfin que ainsi l'intervention opportune du docteur Miracle, il aurait commis une triste action !

Il était si « aplati », si piteux, que Lina en eut compassion.

— Pardonnez-lui Monsieur, dit-elle, il ne le fera plus... Et ne vous en

Lina, épuisée, meurtrie, se sentit perdue.

pas moi-même coupable de l'avoir accompagné dans sa promenade malgré la défense de ma mère ?

— Non, mademoiselle, je ne pardonne pas ! Il n'est pas d'excuse à son crime ! Veuillez me dire qui vous êtes, où vous habitez et je vous ramènerai chez vous.

— Je me nomme Adelina Giulietti ; mais on m'appelle Lina. Je suis la

... dans la chambre et la sœur de lait de Mlle Marie-Louise de Beauval habite avec mes maîtres, le château de la Doulière, sur le plateau, près d'ici.

— C'est bien. Je vais vous reconduire, avec Nemo.

Le chien, voyant que le jeune vicomte avait abandonné son attitude provocante, l'avait laissé pour venir se frotter doucement à la jupe de Lina qui le couvrit de caresses.

— Quant à vous, Monsieur, reprit le docteur Miracle en s'adressant au vicomte, s'il ne vous plaît pas de me donner votre nom et votre adresse, vous pouvez vous retirer. Mais ne craignez rien. Vous ne perdrez pas pour attendre. Je saurai bien vous retrouver.

Le jeune homme avait repris un peu d'aplomb :

— Je ne me cache pas, dit-il. Je suis le vicomte Louis de Beauval et je demeure avec mes parents au château de la Doulière. Je vous salue.

Sur ces mots, il s'enfonça dans le bois de sapins et il eut bientôt disparu.

Il faisait nuit noire lorsque le docteur Miracle ramena au château la pauvre Lina ; pour lui éviter une semonce qu'elle méritait, mais jugeant que la leçon lui suffirait, il raconta que la jeune fille, en se promenant, s'était légèrement foulé le pied presqu'à sa porte, qu'il avait été assez heureux pour la soigner à temps et que l'accident n'aurait pas de suite ; la meilleure preuve, c'est qu'elle avait pu rentrer à pied, appuyée sur son bras.

Mme Carlotta Giulietti, la mère de Lina, remercia M. Maurel avec effusion ; quant à M. de Beauval qui se trouvait dans le jardin avec sa plus jeune fille, Marie-Louise, il lui demanda qui il était :

— M. Maurel, répondit l'interpellé ; dans le pays on m'a surnommé le docteur Miracle.

— Le solitaire, je crois ? reprit le comte.

— Oui, Monsieur, le solitaire, l'ermite, tout ce que vous voudrez. J'ai l'honneur de vous saluer.

— Ici, Nemo !

M. Maurel allait se retirer. M. de Beauval l'arrêta :

— Pardon, Monsieur, dit-il. Voulez-vous me permettre une question. Avez-vous dîné ?

— Mais... ma foi, non ! Et j'ai hâte de rentrer.

— Faites-nous un plaisir, à moi et aux miens ; restez à dîner avec nous. Nous avons si souvent entendu chanter vos louanges, docteur Miracle, que je serais très honoré de recevoir à ma table un homme de bien tel que vous.

— Je vous remercie, Monsieur, mais je suis un mauvais convive. Le soir je ne mange que des fruits ; je ne bois que de l'eau. Et, vous l'avoue-rai-je ? depuis dix-huit ans que je suis retiré de la société des hommes, j'ai perdu l'habitude de la conversation. Je ne sais plus causer. Songez donc que je ne parle à personne qu'à mon chien, excepté pour l'exercice de ma profession, s'entend.

— Eh bien ! on vous donnera des fruits et de l'eau, et on vous permet-tra de vous taire.

— Je vous suis très reconnaissant, mais je vous en prie, n'insistez pas.

— Marie ! fit alors M. de Beauval en s'adressant à sa fille.

Celle-ci comprit et s'avança vers M. Maurel.

— Docteur, lui dit-elle avec une voix douce qui ressemblait à un gazouillis d'oiseau, permettez-moi de joindre ma prière à celle de mon père. Vous m'avez ramené ma chère Lina. Je vous en suis très reconnaissante. et j'ai si grande envie de vous remercier.

M. Maurel écoutait cette voix comme on écoute un chant ; il paraissait charmé, en extase ; il ne répondait pas.

Il regardait la jeune fille avec une émotion indéfinissable.

Marie lui tendit la main ; il sembla sortir d'un rêve.

— Eh bien ? demanda-t-elle gentiment.

— Comment vous refuser, mademoiselle ? répondit-il.

III

UN REGARD DANS LE PASSE

Lord Freddy Mortimer était un grand jeune homme de vingt-deux ans, orphelin de son père et de sa mère, qu'il n'avait pour ainsi dire pas connus ; il avait été élevé par son oncle, lord Dan Mortimer, duc et pair d'Angleterre. Celui-ci était mort un an auparavant, laissant à son fils adoptif une fortune princière, le duché de Mortimer, près d'Edimbourg, et la pairie

Dans une soirée mondaine, Lord Fred Mortimer aperçut Marie de Beauval. Elle chanta : Lord Mortimer l'écouta, en extase.

Ce n'est pas que Mlle de Beauval eût une voix extraordinaire : mais cette voix avait un timbre si doux, si charmant ; elle était conduite avec tant d'art et de sentiment, que Lord Mortimer en fut séduit.

Il s'approcha de la chanteuse et lui adressa un compliment des mieux tournés ; elle regarda le jeune homme et devint toute rose : la maîtresse de la maison qui avait accompagné Marie au piano, se trouvait encore là : elle fit les présentations.

Mme de Beauval et Mme de Freneuse arrivaient pour chercher Marie-Louise :

— Lord Freddy Mortimer ! fit celle-ci en désignant le jeune homme. Elle acheva :

— Ma mère, la comtesse de Beauval... Ma sœur, la marquise de Freneuse.

Lord Mortimer s'inclina : la conversation s'engagea et M. de Beauval étant survenu, s'empressa d'inviter le jeune homme à venir chasser à courre à son château de Bellevue la semaine suivante. Puis madame de Beauval ajouta :

— Milord, je reçois le vendredi... j'espère que vous ne l'oublierez pas...

Lord Mortimer n'en eut garde. Le vendredi suivant, il se présentait à l'hôtel du boulevard Malesherbes. Lorsqu'il parut sur le seuil du salon, Marie-Louise devint rouge comme un coquelicot. Il n'y avait pas à en douter, Fred avait fait sur son petit cœur une profonde impression.

Quant au jeune homme, il était séduit, subjugué ; c'est que Marie-Louise était douée de toutes les grâces de ses dix-huit printemps, de tout le charme de son innocence, auquel Lord Mortimer ne put se soustraire ; il devint donc éperdument amoureux de Mlle de Beauval.

Jusqu'à la fin de l'hiver, il se contenta de l'aimer sans oser le lui avouer, sans oser demander sa main à ses parents. Ceux-ci d'ailleurs n'étaient pas sans s'être aperçus de la passion du jeune homme : ils attendaient qu'il se déclarât :

— Va-t-il enfin se décider ? dit un jour le comte à sa femme. Ce mariage me sourit beaucoup. Fred est un garçon sérieux, posé, et non un étourneau comme nos Parisiens. Je suis sûr qu'il rendra sa femme très heureuse.

— Et moi aussi, répondit la comtesse, il est charmant.

Bref, lord Mortimer avait su conquérir toute la famille, sauf une personne, Mme de Freneuse.

Lucie en effet semblait l'avoir pris en grippe dès leur première rencontre. Lorsqu'il lui fut présenté et qu'elle eut levé les yeux sur lui, elle tressaillit : elle l'examina davantage, avec plus d'attention, et dût, pour cacher son trouble, mettre son éventail devant son visage.

Rentrée chez elle, elle se laissa tomber sur une chaise en murmurant :

— C'est lui ! c'est bien lui ! Ce ne peut être que lui... Mais pourquoi s'appelle-t-il Mortimer ?

...L'hiver s'achevait ; Freddy, plus épris que jamais de Marie-Louise, allait se décider à faire sa demande officielle, lorsqu'un deuil vint s'abattre sur la famille de Beauval.

Le comte avait un frère avec lequel il était brouillé depuis de longues années ; ce frère, un vieil original, resté célibataire, malgré son nom et sa fortune, avait toujours vécu loin des siens, comme un ours, et encore un ours mal léché, dans les montagnes de la Savoie, au château de la Doulière, n'ayant d'autres distractions que la chasse dans les forêts abruptes et la pêche dans les lacs. Un sauvage !

Il mourut, laissant tous ses biens au comte. Celui-ci dut, avec sa famille, venir rendre ses derniers devoirs au défunt et prendre possession de ses nouvelles propriétés.

Il s'était donc installé au château de la Doulière avec sa femme et ses deux filles. M. de Freneuse qui les avait accompagnés, rentra à Paris reprendre ses fonctions auprès de son général nommé récemment commandant la place de Paris ; le jeune Louis de Beauval était demeuré quelques jours dans sa famille, puis il était parti pour Monte-Carlo, avec son domestique.

La mort de son frère était arrivée si subitement que M. de Beauval avait dû partir à l'improviste sans prévenir ses amis : seules les lettres de faire-part leur apprirent que le comte était allé enterrer un frère quelque part dans les Alpes.

Lord Mortimer fut ainsi informé que Marie-Louise était à Machilly. Il pensa qu'elle n'y resterait pas longtemps. Mais toute la famille de Beauval se plaisait dans ces montagnes que le printemps commençait à décorer d'une parure nouvelle.

Seule Marie se désespérait d'être éloignée de son Fred. Que n'était-il auprès d'elle ? Chaque jour elle contait son chagrin à Lina.

— Celle-ci eut enfin pitié de sa sœur de lait ; sans la prévenir, elle écrivit en cachette au jeune Lord.

« Le temps est superbe à Thonon ; Thonon est près de Machilly et Machilly est près du château de la Doulière, Lina. »

Freddy baisa avec passion cette lettre qui comblait ses vœux et le soir même il partait pour Thonon.

A peine arrivé, il se fit conduire au château de M. de Beauval qui l'accueillit avec joie ; quant à Marie-Louise, elle faillit s'évanouir de bonheur.

La situation ne pouvait durer.

— Il n'y a pas, déclara M. de Beauval à sa femme, Il faut marier ces enfants. Si Freddy ne se décide pas, parole d'honneur ! c'est moi qui lui demande sa main pour ma fille !

Et malgré l'opposition de Mme de Freneuse, les deux jeunes gens furent fiancés !...

IV

DU RIRE ET DES LARMES

Tandis que Nemo remis à un domestique chargé d'en prendre soin, était conduit à l'office où lui fut servie par Carlotta et sa fille une pâtée abondante, digne de ses mérites, le docteur Miracle que Marie tirait gentiment par la main, suivi de M. de Beauval, se dirigea vers le salon où la comtesse et Mme de Freneuse attendaient que le dîner fut annoncé.

Le comte présenta le docteur Miracle à sa femme et à sa fille et leur raconta comment Lina s'étant donné une entorse, l'habile médecin l'avait si bien soignée qu'elle avait pu revenir à pied au château.

Puis on fit l'éloge de Nemo dont on admira le merveilleux instinct ; enfin huit heures sonnèrent.

— Qu'attend-on pour se mettre à table ? demanda M. de Beauval.

— Ton fils d'abord, qui est toujours en retard, répondit la comtesse, puis quelqu'un que Marie va gronder de ne pas arriver à l'heure.

— Qui donc ? demanda le comte ingénument, avec un sourire entendu.

— Oh ! papa ! comme si tu ne savais pas ! interrompit Marie. C'est toi-même qui l'as invité.

— Je parie que c'est Lord Mortimer ?

— Et vous avez gagné votre pari, cher Monsieur ! riposta Fred qui entrait à ce moment.

En voyant le jeune homme, M. Manuel eut un soubresaut de surprise.

— S'il n'était pas mort sous mes yeux, murmura-t-il à part soi, je jurerais que c'est lui.

Mme de Beauval fit les présentations d'usage :

— Le docteur Miracle, dit-elle, Lord Freddy Mortimer.

— Allons ! pensa M. Maurel, Lord Mortimer, ce n'est pas lui. Mais quelle singulière ressemblance !

— Madame, reprit Freddy, en s'adressant à la comtesse, et vous, Mademoiselle Marie, excusez-moi si j'arrive un peu en retard... j'ai rencontré, en venant ici, M. Louis, sur la route. Il était à pied. Je lui offris de monter dans mon auto pour rentrer au château. Il refusa.

« Il me dit qu'il allait à Genève passer deux jours et me pria de le faire conduire par mon chauffeur jusqu'à la gare d'Annemasse. J'acceptai de lui rendre ce léger service. Voilà pourquoi j'ai dû monter à pied jusqu'ici, ce qui m'a retardé.

« Ah ! votre fils m'a également demandé de vous avertir de son prochain départ ; en rentrant de Genève, après-demain, Il vous fera ses adieux et retournera à Paris, puis de là à Bellevue.

— En voilà une idée ! qu'est-ce qui lui prend ? fit le comte. Il n'y a pas huit jours qu'il est ici et il veut déjà nous quitter ! C'est incompréhensible... Ah ! en voilà un qui n'a pas la bosse de la famille !...

— Il prétend, répondit Fred, que l'air de la montagne ne lui vaut rien.

— Il lui vaut toujours mieux que l'air de Paris où il ne sait que se livrer à une bombe effrénée, passer les nuits au jeu, et faire des dettes en attendant qu'il fasse des dupes !

— Oh ! père, répliqua Mme de Freneuse, tu exagères... Louis peut avoir des défauts, mais il a bon cœur. Il s'amuse comme tous les jeunes gens de son âge, et dans sa situation...

— Naturellement tu vas encore le défendre, toi ! Tu pardonnes tout à ton frère, même de t'emprunter continuellement de l'argent, qu'il ne te rend jamais !

— Va, père ! Cela ne fait rien. Nous sommes riches, mon mari et moi, et nous n'avons pas d'enfant ! Autant qu'il en profite !

A ce moment, on annonça que le dîner était servi et les convives passèrent à la salle à manger.

Tout en écoutant cette conversation, M. Maurel se disait :

— Ce Louis est décidément un chenapan. S'il est parti pour Genève, c'est qu'il a craint le savon que j'allais lui faire donner par son père et qu'il n'aurait pas volé !… Mais je l'ai prévenu, il ne perdra rien pour attendre.

Le dîner fut très gai ; seule Mme de Freneuse que la présence de Lord Mortimer ennuyait, lui fit grise mine. Aussitôt après le dîner, elle prétexta une migraine et se retira.

Le docteur Miracle ne put s'empêcher de remarquer l'aversion qu'elle témoignait à Freddy :

— Que peut-elle avoir contre ce jeune homme ? se demanda-t-il, il est charmant.

Il n'eut pas le temps de réfléchir davantage, Carlotta venait s'informer si le docteur Miracle était toujours au château et le prier de venir voir sa fille, Lina, tombée subitement indisposée.

— J'y vais ! répondit M. Maurel en prenant congé de ses hôtes.

— Je veux vous montrer le chemin, lui dit Marie. Pauvre Lina ! Vous m'excusez, Freddy… Lina est ma sœur de lait… et je me dois à l'amitié.

— Non, Mademoiselle, répliqua le docteur Miracle. Restez auprès de votre fiancé !… Il n'y a sans doute rien de bien grave… si je me trompais, je vous ferais demander.

Et à part soi il ajouta :

— Je sais ce qu'elle a !… Les suites de la scène de tantôt… Ah ! Monsieur Louis, vous ne l'emporterez pas en paradis !

Il suivit Carlotta qui le conduisit à la chambre de Lina.

Au moment où il arrivait sur le seuil de la porte, il aperçut la jeune fille qui, un doigt sur les lèvres, lui recommandait le silence. Il lui fit signe qu'il avait compris et la rassura du regard.

— Maman, dit Lina à sa mère, j'ai bien soif… Si tu pouvais m'apporter un peu d'eau et de citron ?…

— Je vais chercher ce qu'il te faut, ma chérie…

Quand Carlotta fut sortie, Lina pria le docteur Miracle de s'approcher de son lit :

— Docteur, lui dit-elle d'une voix étouffée, je ne sais ce que j'ai… Je crois que je deviens folle… La scène de tantôt me revient sans cesse à l'esprit… C'est une horrible obsession… J'ai envie de pleurer, de crier… Je sens ma raison qui s'égare… et je souffre affreusement de la tête… C'est comme un casque de fer qui se resserrerait sur mon crâne à le briser… Je crois que je vais mourir… Ayez pitié de moi…

— Allons ! Allons ! Ne dites pas de folies ! On ne meurt pas à votre âge pour une méchante migraine !… Et ne suis-je pas là pour vous en empêcher ?

— Oh ! Merci, docteur, mais quoiqu'il arrive, vous me jurez de ne dire à personne ce qui s'est passé ?

— Je vous le jure… Maintenant, laissez-moi vous examiner.

Lorsqu'il eut terminé, M. Maurel hocha la tête :

— Diable ! murmura-t-il. C'est plus sérieux que je ne pensais… Elle a une fièvre terrible… si je n'y mets pas bon ordre, elle va faire une grave maladie.

Carlotta rentrait ; elle donna à boire à sa fille.

— Eh bien ? demanda-t-elle, anxieuse.

— Eh bien ? J'espère que ce sera peu de chose. Je vais rentrer chercher chez moi les médicaments nécessaires, et je ferai l'impossible pour enrayer le mal avant qu'il ne progresse. Mais comme il n'y a pas de temps à perdre, je vais demander au comte de me prêter une auto… Courage, mon petit, je reviens.

— Oui ! Oui ! Vite, docteur, je vous en prie… Je vous assure que ma raison s'en va… que je souffre ! que je souffre !

M. Maurel retourna au salon et pria M. de Beauval de lui prêter une de ses autos.

— C'est donc bien grave ? interrogea la comtesse.

— Pas encore ! mais je crains une méningite, et je n'ai pas une minute à perdre si je veux l'éviter.

— Justement, fit Lord Mortimer, on vient de m'annoncer que mon chauf-

...eur avait ramené sa voiture... Si vous voulez me permettre de vous conduire chez vous.

Puis se tournant vers Marie :

— A votre tour, Marie, dit-il, excusez-moi si je vous quitte si vite... Mais il s'agit de votre sœur de lait.

— C'est la première fois, Freddy, répondit-elle, que je vous verrai partir avec plaisir. Hâtez-vous ! La vie de Lina dépend peut-être de votre promptitude. Pauvre Lina !... Je vais lui tenir compagnie.

Le plateau qui couronne les Voirons est assez plat et la route qui mène du château à la Doulière au chalet de Pralaire peu accidentée : elle traverse un bois de sapin, passe devant les ruines du couvent, longe la clairière du Calvaire et atteint la demeure de M. Maurel, d'où elle descend vers Machilly.

Elle mesure environ dix kilomètres : dix minutes après leur départ, le docteur Miracle et Lord Mortimer qui était au volant, arrivèrent devant la maison du docteur.

M. Maurel sauta à bas de l'auto et poussa un cri.

La porte de sa cabane, qu'éclairaient les phares de la voiture, était grande ouverte : il se précipita à l'intérieur, et voulut allumer l'électricité. Il ne put y parvenir.

Freddy fit apporter une lanterne par son chauffeur ; lorsqu'ils virent clair, les trois hommes ne purent retenir une exclamation de stupeur.

Un désordre effroyable régnait dans la pièce : les livres, les papiers avaient été jetés à la volée sur le sol : tous les fils électriques avaient été coupés ; la porte avait été défoncée, et l'on s'était bien garder de toucher à la serrure, reliée comme l'on sait à une forte batterie électrique : le lit avait été défait ; on avait dû le fouiller, et l'on avait éventré les matelas.

Enfin un petit coffre-fort caché dans la bibliothèque, avait été forcé : il était vide.

— Les gredins m'ont volé trente mille francs, expliqua M. Maurel. Mais ce n'est pas cette perte d'argent insignifiante pour moi, qui me chagrine le plus... Non ! c'est de penser qu'il s'est trouvé dans le pays des misérables capables d'un pareil forfait. Depuis vingt ans, on avait toujours respecté ma maison... Elle était pour ainsi dire sacrée. Aussi je suis sûr que les coupables ne sont pas des gens de la région. Ce sont certainement des étrangers.

Pendant ce temps Lord Mortimer et son chauffeur s'efforçaient de réparer les dégâts et de mettre un peu d'ordre dans la pièce.

— Pourvu qu'on n'ait pas bouleversé l'armoire aux médicaments, reprit M. Maurel, c'est cela qui serait un irréparable malheur.

Il ouvrit une bibliothèque vitrée et poussa un soupir de soulagement :

— Par bonheur, s'écria-t-il, ma collection est intacte !... Vite, Milord, partons ! La vie de Lina avant tout.

Il prit quelques flacons, et remonta vivement dans l'auto qui fila à vive allure.

Quand il arriva au château, le docteur Miracle courut à la chambre de la malade : elle avait été prise de vomissements ; la fièvre avait augmenté ; Lina délirait.

En toute hâte, M. Maurel composa une potion qu'il lui fit avaler sans peine. La pauvre enfant serrait les dents ; ses traits se crispaient ; elle semblait souffrir atrocement.

Tous les assistants étaient consternés : Marie sanglotait dans un coin.

— Docteur Miracle, dit-elle, je vous en prie, sauvez ma sœur !

— Je ferai l'impossible ! répondit-il.

Enfin sous l'influence de la potion calmante, Lina devint plus calme et s'endormit.

Le docteur Miracle donna ses instructions à Carlotta qui pleurait, recommanda qu'on laisse reposer la malade, et surtout qu'il n'y ait jamais plus d'une personne à la fois dans sa chambre.

Puis il se retira en ajoutant qu'il viendrait le lendemain à la première heure.

Lord Mortimer lui offrit de le reconduire en auto, mais il refusa, ayant dit qu'il besoin de marcher, et, sifflant Nemo qui l'attendait dans le jardin, il reprit le chemin de sa maison.

Lorsqu'il y arriva, Nemo s'élança dans l'intérieur ; il se mit à flairer partout, montrant ses crocs, grondant, poussant des grognements significatifs.

— Ah ! ça ! dit M. Maurel, on dirait que Nemo connaît le ou les coupables ; ils ne doivent pas être de ses amis.

Comme pour lui répondre, le chien tomba en arrêt devant la trace d'un pied sur le sol et le poil hérissé, il se prit à hurler.

— Voilà une empreinte qui peut servir, s'exclama le docteur Miracle. Je

... s'écrier : — Allons ! Taïaut ! Ramo !... Tous deux, restez-vous
tranquille ! Nous retrouverons le cambrioleur !

V

JOURS DE DEUIL

Lorsqu'il arriva au château de la Doulière, le lendemain matin, le docteur Miracle fut reçu par Marie toute en pleurs.

— Eh bien ? demanda-t-il, Lina ?

— Elle est mourante, répondit la jeune fille. Elle délire, elle crie d'une
façon affreuse... Elle souffre le martyre... La fièvre a augmenté. Il y a quelques instants, elle avait 40° de température. Mais ce qui est le plus effrayant
c'est son état de surexcitation... elle s'agite, se démène, et Fred qui est
resté pour la soigner avec moi, a toutes les peines du monde à la mainte-
nir... Ma pauvre sœur est perdue !

Et Marie de nouveau fondit en larmes.

Il n'était que trop vrai que la maladie de Lina n'avait fait qu'empirer. Dès
qu'il l'aperçut, M. Maurel comprit que la malheureuse enfant ne s'en relè-
verait pas. Elle était atteinte de ce que l'on appelle vulgairement un transport
au cerveau dont elle et le docteur Miracle connaissaient seuls la cause.

Cette cause, c'était l'attentat dont le vicomte Louis de Beauval s'était
rendu coupable, et le vicomte Louis de Beauval n'était pas là pour prodiguer
ses soins à sa victime ! Il était à Genève à faire la noce.

Les yeux de Lina se portèrent sur le docteur Miracle. Ils étaient sup-
pliants.

— Soyez tranquille, mon enfant, lui dit celui-ci. Rassurez-vous.

Il se pencha vers elle.

— J'ai juré, murmura-t-il à son oreille, de garder pieusement votre secret.
Ayez confiance.

La malade le remercia du regard.

— Il faut lui mettre de la glace sur la tête, en permanence, continua-t-
il à haute voix. Plus tard j'essaierai une légère saignée. En attendant, qu'on
lui pose des sangsues derrière les oreilles... A-t-elle eu encore des vomissements ?

— Oui, docteur, répondit Fred. Nous lui avons fait prendre des boissons
gazeuses et glacées... Cela semblait la calmer. Mais depuis un instant, elle
ne peut avaler. On dirait que sa gorge est bouchée.

— Hélas ! oui ! La dysphagie ! C'est un des symptômes les plus gra-
ves de sa maladie.

A ce moment, Lina se dressa sur son séant, les yeux hagards :

— Docteur ! cria-t-elle, au secours ! J'étouffe ! J'étouffe !

Son visage contracté exprimait d'atroces souffrances ; une surexcitation
terrible suivit, elle se tordait sur son lit de douleur en poussant des gémissements plaintifs.

— Monsieur Maurel, supplia Marie, je vous en prie, ayez pitié d'elle !
O mon Dieu ! c'est affreux ! Sauvez-la, docteur. Ne l'abandonnez pas...

— Je resterai auprès d'elle tant qu'il sera nécessaire, répondit Miracle.

Puis se tournant vers Lord Mortimer :

— J'ai un service à vous demander, lui dit-il. Je voudrais faire porter
une lettre à Thonon, au Crédit Lyonnais, avant neuf heures...

— Auriez-vous besoin d'argent, Monsieur Maurel ? fit le jeune homme.
Après le vol dont vous avez été victime, ce serait très naturel. Permettez-
moi de me mettre à votre disposition.

— Je vous remercie, Milord, mais ma lettre a un autre but... que vous
comprendrez bientôt.

— Comme il vous plaira... Mon chauffeur fera votre course...

— Un post-scriptum à ajouter et il pourra partir.

M. Maurel retira de l'enveloppe qu'il n'avait pas encore cachetée, la
lettre adressée au directeur du Crédit Lyonnais à Thonon et écrivit :

« P.-S. — Dans le cas où je ne serais pas chez moi lorsque vos agents
amèneront l'individu, priez-les de le conduire au château de la Doulière. Ils
n'entreront pas, ils ne devront pas se montrer. Un seul d'entre eux
débouchera et me fera appeler au dehors sous un prétexte quelconque...
de chose de ce genre. »

La lettre fermée, M. Maurel la remit à Fred qui donna aussitôt les ordres nécessaires pour qu'elle fut portée sans retard et le docteur s'assit au chevet de la malheureuse Lina.

La période de surexcitation dura jusqu'au lendemain matin ; alors une période de dépression lui succéda. La malade devint calme, apaisée ; elle reprenait peu à peu connaissance ; elle ne délirait plus ; elle paraissait avoir recouvré toute sa raison. Elle pouvait parler.

— Elle est sauvée ! demanda Fred à voix basse au docteur Miracle.

— Hélas ! non ! Elle est perdue ! répondit celui-ci sur le même ton. Bientôt elle va tomber dans le coma et ce sera la fin.

— Ah ! la pauvre enfant ! Et rien à faire ?

— Rien !

Tout à coup, elle eut un frisson ; tout son corps se mit à trembler ; elle poussa un cri d'effroi.

— Docteur ! dit-elle. *Il* vient ! *Je* le vois !

— De qui parle-t-elle, demanda Marie surprise !

— Je ne sais pas ! répondit M. Maurel.

Lina essaya encore de parler, mais sa voix devenait de plus en plus faible ; cependant elle eut encore le courage de sourire.

— Je veux qu'on me mette ma belle robe blanche. Celle que ma chère Marie m'a donnée pour ma fête... et puis des fleurs, beaucoup de fleurs. C'est joli les fleurs !... Je voudrais qu'on ouvre la fenêtre... pour respirer les parfums qui montent du jardin... Nous sommes au printemps... Il doit y avoir des primevères et des lilas... Je n'en verrai plus... jamais... jamais... et je n'ai pas vingt ans...

Elle eut un hoquet terrible ; elle se dressa ; M. Maurel s'élança pour la soutenir ; les mains de la jeune fille se crispèrent sur son bras, puis elle lui murmura à l'oreille :

— Je l'aimais, *lui* et c'est lui qui m'a tuée !

Sa tête retomba sur l'oreiller ; elle était morte !

XI

LE COUPABLE

Il fallait procéder à la toilette de la morte ; Carlotta et Marie voulurent se charger seules de ce soin pieux. Les autres personnes qui avaient assisté à cette triste fin se retirèrent donc. M. et Mme de Beauval pour se rendre au salon ; le docteur Miracle et Lord Mortimer descendirent au jardin ; ils avaient besoin de respirer. Tous avaient les yeux rouges et le cœur gros ; ce malheur inattendu les avait plongés dans une profonde consternation.

M. Maurel semblait encore plus affecté que les autres :

— Et n'avoir pu empêcher ça ! disait-il à Fred. Penser que la maladie a été la plus forte, et que je me suis trouvé impuissant devant elle, vaincu par la destinée triomphante... A quoi m'ont servi quarante années d'étude ? Je ne me consolerai jamais !... Qu'est-ce donc que le savoir ? Rien, néant. C'est fini... Je renonce à mon art... Je renie mes travaux... Je rentrerai à Paris... Je ne verrai plus de malades... jamais ! jamais ! Qu'ils s'adressent à de plus habiles ou de plus heureux que moi !... Je ne suis qu'un sot présomptueux et qu'un ignorant...

« Dix-huit ans ! Et je l'ai laissée partir... et je voyais sa pauvre petite figure se contracter par la souffrance... puis le sang se retirer de ses joues, ses lèvres bleuir, et je n'ai rien pu ! Rien ! O science, tu n'es digne que de mépris !...

Lord Mortimer écouta M. Maurel sans l'interrompre, puis il dit doucement :

— Elle a demandé des fleurs.

Miracle parut sortir d'un rêve.

— Oui, c'est vrai, répondit-il. Des lilas et des primevères... Mais il n'y en a pas dans la montagne... des violettes, des cyclamens, c'est tout ce qui fleurit pour nous... Il faudrait descendre dans la plaine... à Thonon, par exemple...

— J'y vais ! fit Freddy. En auto, ce ne sera pas long...

En effet, moins d'une heure après, Lord Mortimer revenait avec tout un chargement de lilas de Genève, de roses de Nice, de violettes, de cyclamens, de primevères ; il avait dévalisé les magasins de Thonon.

Le docteur Miracle et lui montèrent à la chambre de la morte. Elle reposait, les mains jointes, dans sa robe blanche comme elle l'avait désiré. Un cierge brûlait auprès d'elle.

De chaque côté du lit, Carlotta et Marie priaient.

Lord Mortimer répandit les fleurs autour du cadavre glacé, et il lui sembla que pour le remercier les lèvres toutes blanches s'entr'ouvraient dans un sourire.

M. Maurel, tout à coup, en se remémorant les diverses circonstances de l'agonie de la pauvre petite, se rappela une phrase qu'elle avait prononcée et dont il n'avait pas saisi immédiatement le sens :

— Il *vient*, avait-elle dit, je le *vois*.

Il, qui *il* ? Le docteur Miracle se posait cette question à laquelle cette autre phrase qu'elle avait dite en mourant, « je l'aimais, *lui* » servait de réponse, lorsqu'un domestique vint l'avertir qu'on le demandait à la grille du jardin.

— C'est *lui*, pensa-t-il, elle l'avait vu en effet ; les moribonds ont de ces intuitions.

Il descendit ; un garçon du Crédit Lyonnais l'attendait.

— M. Maurel, lui dit-il, sur l'ordre de M. Templier, nous vous amenons l'individu.

— Ah ! où est-il ?

— Là-bas, dans le bois, sous la garde d'un de mes collègues en bourgeois, revolver au poing.

— Racontez-moi comment vous l'avez pincé.

— Il est arrivé ce matin à la Banque vers 11 heures ; là il présenta un chèque de 10.000 francs signé : Maurel, payable au porteur. Le caissier auquel M. le directeur avait communiqué vos instructions, lui fit mettre son acquit au dos et lui versa la somme en dix billets de mille francs. Au moment où notre homme allait se retirer, M. le directeur sortit de son cabinet et l'appela. « Pardon, Monsieur, lui dit-il, vous êtes en relation avec M. Maurel ?.. Pensez-vous le voir bientôt ? J'ai une commission à lui faire... des papiers à lui remettre... Il habite si loin... Vous me rendriez service si vous pouviez vous charger de les lui donner... — Avec plaisir, répondit l'autre. — En ce cas, veuillez prendre la peine d'entrer dans mon bureau. Je vais vous préparer les pièces. » L'individu entra.

« Nous l'attendions mon camarade et moi. A peine eut-il franchi la porte, que nous la refermions et nous placions devant. Alors le patron lui dit : « Vous êtes un escroc. Vous avez commis un faux. Je vais faire appeler les gendarmes et vous remettre en leurs mains ; vous savez ce qui vous attend ? »

« L'individu était devenu blême. Il commença par nier, le prendre de haut : « Savez-vous bien à qui vous parlez ? criait-il. — Oui, à un voleur ! répondait le patron.

« Bref, il finit par avouer et se jeta aux pieds de M. Templier, le suppliant de ne pas le perdre. M. Templier eut l'air de le prendre en pitié et comme il offrait de rendre l'argent, le directeur lui dit : « Gardez la somme que j'avais ordre de vous verser. Vous la reporterez vous-même à M. Maurel. Il décidera de votre sort. — M. Maurel, fit l'autre ? M. Maurel savait que j'allais venir... ? »

« Il paraissait estomaqué. M. Templier lui répondit : « M. Maurel sait tout. Il vous attend. Mais comme je n'ai aucune confiance en vous, je vais vous faire conduire par deux de mes agents. » Il se tourna alors vers moi. — Justin, me dit-il (je m'appelle Justin), Justin, et vous Gavet, vous allez mener ce gaillard-là chez M. Maurel. S'il n'est pas chez lui, vous savez où le trouver. Je vous en rends responsable. Vous avez vos revolvers ? Oui, bien. S'il fait mine de vouloir fuir, cassez-lui la tête. — Oui, Monsieur le directeur.

« Nous partîmes. Jusqu'au chalet de Pralaire, tout alla bien. Mais quand il vit que vous étiez sorti et que nous prenions le chemin du château, il refusa de marcher ; il nous menaça ; ensuite il nous supplia ; il nous offrit de l'argent, une fortune, si nous voulions le laisser partir.

« On n'est pas riche, Monsieur Miracle, mais on ne connaît que son devoir. Nous l'empoignâmes chacun par un bras et nous l'entraînâmes. La vue de nos revolvers lui donna des jambes.

« Venez, si vous voulez le voir ; il est là-bas.

« Merci, mon brave Justin, répondit M. Maurel. Vous avez parfaitement exécuté mes instructions. Je saurai vous en récompenser... Vous n'avez oublié qu'un point, c'est de me donner le nom de mon voleur. Ne l'a-t-il pas dit ?

— Pardon, Monsieur, il l'a mis sur le chèque.

— ... Beauval.

— ... le nom que j'attendais.

— Beauval ! oui ! il murmura.

Uno avait raison. Son instinct ne l'avait pas trompé. Lorsqu'il avait ... l'empreinte de pied, il avait reconnu le gaillard. Brave bête ! Bon chien policier, il eût fait... D'ailleurs, moi aussi, je pensais bien deviné juste !... Un étranger seul pouvait avoir eu l'idée de ...

Et maintenant, occupons-nous de lui infliger le châtiment que mérite ... ! Pour une faute moindre, mais dont le remords me torture encor chaque jour, voilà dix-huit ans que j'expie !...

... de Justin, M. Maurel se dirigea vers le petit bois de sapins où ... Beauval se tenait, gardé à vue, et bien gardé par Louis, un des ... de la Banque.

... dont le docteur Miracle avait donné l'identité du ... chez lui ; il avait quelque peu ... cruelles passions ... un semblant ... loueur, drogué, ... qu'avait l'oncle Albert ... le monde, son ami ... dans le particulier ... Albert lui ... s'était renseigné dans le pays sur la fortune de M. Maurel, sur ses habitudes, sur la disposition de sa maison ; c'est lui qui avait ... indiqué à Louis les précautions à prendre pour que ... c'est lui enfin qui avait imité sur le chèque l'écriture et la signature de M. Maurel.

... que le vicomte dévalisait la cabane du docteur Miracle, Albert ... voyant de loin arriver l'automobile de Lord Mortimer, ... à son complice d'emprunter la voiture de Fred et de filer ... pour lui Albert. Il demeurerait à Machilly, où l'on ne le connaît ... tiendrait bons au courant de ce qui se passerait ... jeune homme n'aurait plus rien à craindre, il lui télégraphierait de ... en passant par Thonon pour toucher le chèque que lui, Albert, aurait ...

Choses aisément assurées comme le misérable l'avait décidé. Seule, ... toute sa prévoyance, il n'avait pas soupçonné que M. Maurel ... d'un autre homme ...

Le docteur Miracle s'était approché du vicomte de Beauval ...

... répondit dans un ...

— ... je suis docteur ...

... corvée comme à un chien ...

... par la main, il le mit debout d'une secousse, puis, avec la ... que nous lui connaissons, il le poussa devant lui.

— ... dit-il aux deux agents du Crédit Lyonnais, allez-moi ... je vous donnerai mes instructions dans quelques instants.

... Louis traversèrent le jardin d'un pas rapide. Lorsqu'il ... devant la porte du château, le vicomte s'arrêta ; il ne voulait pas ...

Le docteur Miracle lui saisit le bras et, l'entraînant derrière lui, de force, ... les escaliers jusqu'à la chambre de Lina.

— Où me conduit-il, pensa Louis qui ignorait la mort de la jeune ...

M. Maurel ouvrit la porte et poussa le vicomte dans la chambre.

— Contemple ton ouvrage, misérable ! s'écria-t-il ...

... demeura alors, ...

— ... morte elle ?

— Oui ! Lina morte, reprit le docteur. Allez par loin assassin ...

... rible accusation. Marie et Barlotti, qui ... aux premiers cris du ... Maurel, accoururent ...

... docteur : À moi Marie ! ... Dis-nous, mon ... assassiné Lina ? Louis traversait le jardin, c'était un voleur ...

... pourrait ... Son ...

lui indiquèrent où ils étaient allés ; suivi de sa femme et de sa fille aînée, il accourut.

Comme il avait entendu l'accusation si nette formulée par M. Maurel, il dit à son fils :

— Mais défends-toi donc, malheureux !... Tu n'entends donc pas ! On t'appelle assassin et voleur !

— Mon père, répondit Louis, je vous jure...

— Taisez-vous ! reprit M. de Beauval. Quant à vous, Monsieur Maurel, veuillez me donner les explications auxquelles j'ai droit, comme père et comme justicier... Et si cet individu est coupable, soyez certain que je serai implacable.

M. Maurel raconta alors les faits que nous connaissons, l'attentat dont

— Je l'aimais, lui et c'est lui qui m'a tuée !

Lina avait failli être victime et qui lui avait causé le transport au cerveau dont elle était morte ; le cambriolage de sa maison et enfin le faux commis sur le chèque.

M. de Beauval s'élança vers son fils ; il le prit par les épaules et le força à s'agenouiller devant le lit :

— Demande d'abord pardon à ta victime, lâche coquin ! cria-t-il impérieusement.

Louis s'exécuta, la tête basse, rouge de honte et de remords.

— Pardon, pardon, Lina, essaya-t-il de dire, mais les sanglots l'étouffaient.

Les personnes qui assistaient à cette scène étaient atterrées. Le comte se tourna alors vers le docteur Miracle.

— A présent, Monsieur, lui dit-il, je vous livre ce gredin... Il vous appartient... Remettez-le aux mains des gendarmes... J'exige que la justice suive son cours... Je ne veux plus le voir ! Je ne le connais plus ! Je n'ai plus de fils !...

« Quelle honte pour mes cheveux blancs ! Moi, le comte de Beauval,

suis déshonoré par un pareil monstre! Mon nom, toujours sans tache,
synonyme de loyauté, de probité, est sali par ce bandit.

— Sortez! Sortez, misérable, je vous maudis et je vous chasse...

Du doigt il montrait la porte au jeune homme qui, n'osant même pas
lever les yeux sur sa mère ou ses sœurs, s'en alla, défaillant.

— Suivez-le, docteur Miracle, reprit le comte. Emmenez-le... Et dites-
lui bien que quand il sortira du bagne où l'on envoie les faussaires, il n'ait
pas à essayer de nous revoir, moi ou les miens... D'ailleurs, pour moi, je
n'y serai plus. Pourrais-je survivre à tant de honte, à toute cette boue
sur mon nom? Ah! Pouah!

M. Maurel sortit derrière le vicomte.

— Venez avec moi, lui dit-il.

— Où cela, demanda Louis?

— Chez moi, j'ai à vous parler.

Arrivé à la grille, M. Maurel congédia les garçons de banque qui l'attendaient, puis forçant Louis plus mort que vif à marcher devant lui, il se
dirigea vers sa demeure.

Lorsqu'il ouvrit la porte, Némo, qui était enfermé, sortit en trombe et
d'un bond s'élança sur le vicomte qui roula à terre sous la violence du choc.

Déjà les crocs du chien lui pénétraient dans le cou; Miracle intervint,
mais il eut toutes les peines du monde à faire lâcher prise à Némo qui
s'acharnait sur sa victime.

Il y parvint enfin: le chien alla se blottir dans un coin de la pièce en
grondant, et le vicomte put se relever.

M. Maurel le fit entrer et lui désigna un siège:

— Asseyez-vous, lui dit-il. Vous vous demandez sans doute ce que je
vais faire de vous?... Vos réponses me dicteront ma conduite... Mais je
veux avant tout de la franchise, de la sincérité... Comment un garçon de
vingt-six ans, comme vous, élevé dans une famille des plus honorables, a-t-il
pu perpétrer de pareils crimes?... Comment a-t-il pu même en concevoir
la pensée sans un mouvement d'horreur?... Qu'un malheureux orphelin,
abandonné de tous, devienne un vagabond d'abord, sans feu ni lieu, puis
plus tard un apache sinistre, on peut le comprendre sinon l'excuser; un
jour il vola parce qu'il avait faim... plus tard il vola pour voler... parce qu'il
pense qu'il y a des gens qui ont de l'argent et que lui n'en a pas... Il n'aura
pas sa paresse, il se laisse aller à ses mauvais instincts.

— Mais vous? Comment l'image de votre admirable mère ne s'est-elle
pas dressée devant vous au moment où vous alliez commettre vos odieux
forfaits?

Louis ne répondait pas: il semblait en proie au plus profond désespoir.

— Enfin, reprit M. Maurel, ce qui est fait est fait... Nous n'y pouvons rien
ni l'un ni l'autre... Le mal est irréparable... Cette malheureuse Lina l'a payé
de sa vie... Il ne vous reste qu'à expier... quant à l'argent...

— Je vous le rendrai, Monsieur, je vous le jure, s'écria le vicomte.

— Bast! Cela n'a pas d'importance... J'ai parlé d'expiation... Etes-vous
prêt à racheter vos crimes?...

— Je ferai ce que vous m'ordonnerez... Ma vie vous appartient...

— Même si je vous inflige un châtiment sévère?

— Je l'accepterai avec bonheur... je voudrais vous prouver que mon
repentir est sincère! Je vous le jure, Monsieur, le remords me tue...

Louis parlait avec une émotion contenue, et des larmes dans les yeux.
M. Maurel poursuivit:

— A vingt-six ans, vous n'avez jamais rien fait. Vous ignorez le labeur
quotidien qui relève et fait vivre... Vous n'avez jamais eu d'autre règle morale
que vos caprices. Eh bien! si vous me donnez votre parole de gentilhomme
de vous amender, de travailler...

— Hélas! je ne sais rien faire...

— On vous apprendra... Un de mes amis vient d'acheter au Maroc des
propriétés considérables... Il demande des hommes pour l'aider à les mettre
en valeur... Voulez-vous être un de ces hommes-là?

— Eh! quoi! Monsieur, vous ne me faites pas arrêter? Vous ne m'en-
voyez pas au bagne?

— Non! Oh! Ce n'est pas pour vous, croyez-le bien, c'est pour ne pas
imprimer une tache d'infamie au nom respecté de votre malheureux père...
Il vous a chassé; vous ou moi en aurions fait autant à sa place. Vous voilà
sur le pavé, sans ressources, ou plutôt sans autres ressources que l'argent
volé...

— Je restituerai...

— Vous? Comment? Qu'avez-vous fait des 30.000 francs que vous avez
pris dans mon coffre-fort? Perdus au jeu, sans doute?

— Oui, à la roulette, à Genève.

— Les dix mille francs qu'on vous a remis au Crédit Lyonnais ?

— Les voici ; la somme est intacte. Reprenez-les, ils me brûlent !

— Non. Gardez-les. Je vous les prête... à deux conditions : la première c'est que ce soir même vous partirez pour le Maroc avec une lettre de recommandation que je vais vous donner, et que là-bas vous tâcherez de mériter par votre conduite le pardon de votre père et de racheter vos fautes ; la seconde c'est que vous allez écrire ce que je vais vous dicter.

— J'accepte, Monsieur.

— Bien. Ecrivez. « Je soussigné, vicomte Louis de Beauval, reconnais avoir volé 30.000 francs à M. Maurel. » La date. Signez... C'est cela. Quant aux 10.000 francs escroqués à la Banque, je vous l'ai dit, je vous les prête... Vous me les rembourserez en dix ans... Ne craignez rien, mon ami du Maroc vous les retiendra... Voici une lettre pour lui.

M. Maurel écrivit quelques lignes et tendit la missive au vicomte :

— Allez ! maintenant. Nous n'avons plus rien à nous dire.

Louis se jeta aux pieds de M. Maurel.

— Oh ! si, monsieur ! J'ai à vous dire ma reconnaissance... Vous pouviez me perdre à jamais, vous me sauvez l'honneur !... Je pouvais devenir un forçat... Vous me donnez les moyens de me réhabiliter ! Soyez béni !... Mais j'ai encore quelque chose à implorer de vous, de votre bonté... Faites-moi donner quelquefois des nouvelles de ma mère et de mes sœurs...

...Ce sera fait... Allez ! je ne vous retiens plus...

Le jeune homme se retira, les yeux pleins de larmes. Nemo grogna sur son passage. Quand il fut parti, M. Maurel murmura :

— Ai-je bien fait ?... Ai-je sauvé mon âme ?... L'avenir me répondra.

Le soir même, le vicomte Louis de Beauval, en smoking, une rose blanche à la boutonnière, faisait son entrée, le sourire aux lèvres, au Kursaal de Genève, suivi de son fidèle Albert qui alla l'attendre dans la salle de concert, tandis que le jeune homme pénétrait dans la salle de jeux.

Vers minuit il en sortait complètement décavé, ayant perdu les 10.000 francs du Crédit Lyonnais, comme il avait perdu l'avant-veille les 30.000 francs volés au docteur Miracle.

Albert, à son air abattu, comprit que la chance n'avait pas favorisé son jeune maître.

— Monsieur a perdu, lui dit-il. Que Monsieur ne se tourmente pas. J'ai encore assez d'argent pour que nous rentrions à Paris, et là... Monsieur me comprend...

— Mais c'est au Maroc que je dois aller.

— Monsieur veut rire !... Monsieur ne supporterait pas le climat... Croyez-moi, allons à Paris... Il n'y a vraiment que là qu'on trouve encore de bonnes occasions de faire fortune.

...Quinze jours après, M. Maurel écrivit à son ami du Maroc pour lui demander des nouvelles du vicomte Louis de Beauval : son ami lui répondit qu'il n'en avait jamais entendu parler.

— Mon garçon, se dit le docteur Miracle, voilà qui doit te dégoûter à tout jamais de racheter des âmes... Cette petite fripouille t'a roulé, tant pis pour toi !... Mais si jamais je le repince.

Nemo qui l'écoutait, se mit à grogner, les crocs dehors.

VII

ENCORE LES CAMBRIOLEURS !

Quelques jours se passèrent. M. Maurel, très affecté de s'être laissé tromper par le vicomte de Beauval, n'osait retourner au château : il craignait d'avouer sa mésaventure, d'être blâmé de son indulgence par un père impitoyable. Jamais le comte ne lui pardonnerait d'avoir été berné, et quelque motif qu'il pût donner de sa conduite généreuse, lui reprocherait toujours d'avoir évité à Louis le châtiment mérité.

Or M. de Beauval avait été gravement atteint par la révélation des crimes de son fils : il avait en moins d'un mois vieilli de dix ans, ses cheveux étaient devenus entièrement blancs ; ses traits s'étaient émaciés ; une profonde douleur le minait : Mme de Beauval n'avait pas été moins frappée que lui ; elle se rendait compte de sa responsabilité et que dans son affection aveugle pour

Louis, en lui passant, en admirant même tous ses caprices, elle était un peu la cause qu'il eut si mal tourné.

Si elle avait été plus sévère, si elle avait veillé sur son éducation, peut-être n'eut-il pas failli ; pour un peu, elle se serait amusée d'être sa complice !

Marie et Mme de Freneuse essayaient de cacher leur chagrin : Carlotta pleurait sa fille. Seul le jeune Lord Mortimer essayait de consoler cette famille si éprouvée ; mais il n'y parvenait pas.

On conçoit dès lors que ses fiançailles officielles avec Marie avaient été ajournées et il s'en désespérait. Un matin il s'en ouvrit à la jeune fille.

— Marie, lui dit-il, Le jour où vous m'avez dit : « Voici ma main », j'ai été le plus heureux des hommes ; voulez-vous que j'en devienne le plus malheureux ? Pourquoi reculer toujours la date de notre mariage ?

— Je vais vous parler avec franchise, Fred, lui répondit-elle. Vous savez si je vous aime ; vous savez si je me réjouirais de devenir votre femme. Mais depuis ce qui s'est passé...

— Que s'est-il passé qui puisse mettre obstacle à notre bonheur ?

— Nous avons, mon père et moi, un scrupule de conscience. Pouvez-vous épouser la sœur d'un voleur et d'un escroc ?

— Comment, c'est pour cela que vous retardez notre union !... Vous m'estimez donc bien peu, Marie, si vous croyez que j'ai le cœur assez bas pour rendre la sœur responsable de la conduite de son frère ? Oh ! c'est mal ! bien mal !

— Mais songez donc que Louis est sans doute en ce moment en prison préventive, qu'on instruit ses crimes, qu'il va passer en cour d'assises, qu'il sera condamné aux travaux forcés, et que le nom que je porte, le nom de mon père, sera déshonoré, flétri ! Ne voyez-vous donc pas que cette idée est pour nous tous un véritable martyre ?

— Et qui vous dit que le docteur Miracle n'ait pas envoyé tout simplement Louis se faire pendre ailleurs ? Voici plus de trois semaines que nous ne l'avons vu... Plusieurs fois, en venant de Thonon ici, je suis passé devant sa cabane, mais j'ai vainement frappé ; ni lui ni son chien n'ont répondu.

D'ailleurs, écoutez-moi bien, ma chère Marie, quoiqu'il arrive, rappelez-vous que vous êtes tout pour moi, vous êtes ma vie, vous êtes celle que je portais dans mon cœur depuis toujours... et si vous ne deviez pas devenir ma femme, j'en mourrais !

Ils étaient assis sur un banc du jardin : Freddy tenait dans les siennes les mains de sa fiancée.

— Mes pauvres enfants ! Mes pauvres petits ! fit soudain une voix derrière eux.

Surpris, ils s'écartèrent l'un de l'autre.

— Je vous plains de tout mon cœur, poursuivit le comte, car c'était lui qui venait d'arriver à l'improviste. Oui, mais je ne puis qu'approuver les scrupules de Marie qui ne veut pas unir à l'un des plus grands noms de l'Angleterre un nom traîné dans la boue.

— Mais, Monsieur, répliqua Lord Mortimer, c'est là un excès de délicatesse qui brise ma vie ! Croyez-vous que j'aie moins d'estime pour vous et les vôtres, moins d'adoration pour Marie-Louise, parce que votre fils, son frère, est un vilain drôle ? S'il me plaît de passer sur ce que vous appelez votre déshonneur ?... D'ailleurs, je le disais à Marie, il n'y a qu'un instant, existe-t-il vraiment, ce déshonneur ?

Savons-nous si le docteur Miracle n'a pas voulu vous épargner une honte imméritée, et s'il n'a pas chassé Louis de chez lui comme vous l'avez chassé de chez vous, après une correction qu'il n'aurait pas volée ?

— C'est possible...

— Laissez-moi m'en assurer, Monsieur, et promettez-moi que si M. Maurel n'a pas livré Louis à la justice, s'il ne l'a pas exposé à une sanction publique que vous redoutez, vous me laisserez épouser Marie !

— Soit, j'accepte. Allez donc chez ce docteur Miracle et renseignez-vous auprès de lui... Mieux encore. Je me sens plus souffrant depuis hier, priez-le donc de venir me donner ses soins ; de ma conversation avec lui dépendra ma décision...

— Je pars donc me mettre à sa recherche, car depuis quelque temps il paraît introuvable.

Lord Mortimer courut à la remise et se fit donner une bicyclette ; quand il eut enfourché la « petite reine d'acier », comme on dit, il se dirigea vers le chalet de Pralaire.

Il n'était pas à un kilomètre du château, qu'il faillit être renversé par un chien qui s'élança vers lui en poussant des jappements joyeux :

— Diable! vous lui êtes sympathique, Milord, fit une voix que Freddy reconnut aussitôt.

— Oui, docteur, répondit le jeune homme. Mais un peu plus votre Nême me faisait ramasser la pelle... N'importe ! c'est le Ciel qui vous envoie... J'allais vous chercher pour vous conduire au château... Vous voici... Vous m'épargnez les trois quarts du chemin... Pouvez-vous venir jusque-là ?

— D'autant plus volontiers, mon jeune ami, que je m'y rendais... J'ai une mauvaise nouvelle à apporter au comte... Quand je dis mauvaise... Si elle m'atteignait, je la trouverai plutôt heureuse... Louis est mort...

— Comment cela ! Dites vite ! Savez-vous que c'est la vie que vous me rendez.

— En deux mots, voici... Je l'avais envoyé au Maroc, chez un ami à moi... Il s'est embarqué à Port-Venden sur le paquebot *Le Tage*, de la Compagnie Frayssinet... *Le Tage* a été surpris par un ouragan en vue des côtes... Il est allé s'échouer sur des brisants en face de Cerbère, et a coulé à pic... Des secours rapidement organisés ont permis de sauver presque tous les passagers... moins une douzaine, parmi lesquels le vicomte de Beauval, dont les cadavres n'ont pu être retrouvés.

— Et comment avez-vous appris cette nouvelle ?

— Par son domestique, Albert, qui est venu me l'apporter ce matin... Le pauvre diable a failli périr dans le naufrage en cherchant à sauver son maître... Mais il ne sait pas nager : il a perdu connaissance... On l'a retiré de l'eau et rappelé à la vie... Il est dans un état déplorable, sans vêtements, sans argent, ayant dépensé le peu qui lui restait pour prendre le train jusqu'ici... Il est brisé de fatigue... Je l'ai laissé chez moi pour qu'il y prenne un peu de repos... et j'allais, après avoir annoncé au comte la mort tragique de son fils, lui demander un secours pour ce malheureux serviteur.

— Et comment cet Albert, qui m'a toujours paru un assez mauvais drôle... oui, sa figure ne me revient pas !... Comment, dis-je, n'est-il pas venu directement au château ?

— Il est arrivé chez moi, épuisé par l'ascension de Machilly au chalet de Pralaire... Il m'a raconté ce que je viens de vous apprendre, puis il a ajouté : « J'ai élevé M. le vicomte depuis sa plus tendre enfance, son père, sa mère me l'avaient confié... Ils vont me demander ce que j'ai fait de leur fils... Docteur Miracle, M. Louis m'a dit combien vous avez été bon pour lui... Rendez à sa mémoire le service d'annoncer son décès à ses parents. Je ne m'en sens pas le courage... » Le pauvre homme se mit à pleurer et je me chargeais de la triste commission...

— Allons donc vite au château... J'ai hâte de dire à Marie que si la mort de son frère retarde notre mariage qui ne saurait avoir lieu pendant la période du deuil, elle l'assure en même temps, puisque le nom des Beauval est demeuré sans tache, et que le seul obstacle soulevé par le comte a disparu.

Lord Mortimer raconta alors à M. Maurel quel scrupule de conscience avait failli empêcher son bonheur.

La nouvelle de la fin tragique de Louis de Beauval, confirmée par les journaux, tout en causant une douloureuse stupeur parmi les hôtes du château, y fut cependant accueillie comme une sorte de soulagement.

On craignait tout de ce précoce gredin : de deux choses l'une, ou il serait allé au bagne, ou il aurait repris la série de ses tristes exploits ;...

— Je ne crois pas, fit observer le docteur Miracle, son repentir m'avait paru sincère... quelques jours après, mon ami de Tanger m'ayant écrit qu'il n'avait pas même aperçu le vicomte, j'ai cru qu'il m'avait trompé... mais, vous le voyez, je l'avais calomnié, puisque c'est en partant pour le Maroc qu'il a trouvé la mort.

— Que Dieu lui pardonne ! répondit le comte.

Il fut alors décidé que pendant la durée du grand deuil, toute la famille demeurerait au château dont lord Mortimer, fiancé officiel de Marie, deviendrait l'hôte, qu'ensuite on rentrerait à Paris pour célébrer le mariage des deux jeunes gens.

Toutefois, Mme de Freneuse dont l'antipathie à l'égard de Freddy semblait s'accroître chaque jour, déclara qu'elle désirait retourner auprès de son mari.

Le lendemain, comme elle faisait ses préparatifs de départ, le capitaine de Freneuse arriva : il venait faire ses adieux à sa femme et à ses beaux parents :

— Le général de Torcière, leur dit-il, vient d'être chargé de pacifier le Maroc comme il a déjà pacifié le Tonkin. Il m'emmène avec lui chercher mes épaulettes de colonel.

Mme de Freneuse dut donc rester bon gré mal gré au château de la Doulière.

La veille, après la conversation qu'il avait eue avec M. de Beauval, le docteur Miracle était rentré chez lui, suivi de Nemo ; lorsqu'ils pénétrèrent dans la cabane, le chien se mit à gronder en montrant ses crocs.

— Tiens ! pensa M. Maurel, Nemo n'aime pas plus le valet qu'il n'aimait le maître.

Puis s'adressant à Albert étendu sur son lit et que son arrivée venait d'éveiller :

— Albert, lui dit-il, ni M. ni Mme de Beauval ne désirent vous voir... Vous lui rappelleriez de trop tristes souvenirs... Ils vous remercient de votre dévouement à leur fils, dévouement qui ne s'est pas démenti pendant vingt-cinq ans. Ils m'ont chargé de vous remettre une somme de vingt mille francs qui vous permettra de vous établir. Pour moi, laissez-moi y joindre ma petite obole, cinq mille francs que je destinais à votre maître lorsque j'aurais été sûr qu'il s'était amendé... acceptez-les en son nom.

— Quelle poire ! murmura Albert à part soi.

Puis s'étant confondu en remerciements et en protestations de reconnaissance, il déclara à M. Maurel qu'il allait retourner dans son pays, en Anjou, et s'y livrer à la culture des fruits ; enfin, il prit son chapeau et s'en alla. Nemo l'accompagna jusqu'au seuil de la porte en grognant et le docteur Miracle eut quelque peine à apaiser l'animal.

Quelques jours après, M. de Beauval recevait une lettre de Paris, du concierge de son hôtel du boulevard Malesherbes, lui annonçant que l'hôtel avait été cambriolé.

Les premières recherches de la police n'avaient pas donné de résultat : on n'avait pas découvert comment les malandrins avaient pu s'introduire dans l'immeuble et ouvrir toutes les serrures dont pas une, même pas celle de la porte d'entrée, ne portait de traces d'effraction ; les meubles avaient été renversés ; les rideaux arrachés, les tiroirs vidés et leur contenu éparpillé sur les tapis ; mais il ne semblait pas que l'on eût dérobé quoi que ce soit. Un service d'argenterie, datant de Louis XVI, d'une valeur inestimable, qui garnissait le buffet de la salle à manger, n'avait même pas été déplacé.

C'était à n'y rien comprendre.

Le portier ajoutait que les magistrats attendaient M. le comte pour qu'il leur fournît des renseignements sur la nature et la valeur des objets qui auraient été dérobés.

M. de Beauval se rendit à Paris ; il eut bientôt constaté que si les malfaiteurs avaient fouillé tout l'hôtel, tous les tiroirs, toutes les armoires, du moins n'avaient-ils rien emporté.

Seulement dans la chambre de son fils, plusieurs objets qui appartenaient au jeune homme avaient disparu ; enfin, dans un secrétaire du boudoir de la comtesse, une cachette avait été éventrée ; elle était à présent absolument vide, en admettant d'abord qu'elle eût jamais été remplie.

Mme de Beauval, interrogée par dépêche sur cette cachette et ce qu'elle renfermait, répondit laconiquement : « Des papiers sans valeur, quelques souvenirs, et des lettres se rapportant à la naissance de Marie. Rien d'important. »

Comme il n'y avait eu ni vol, ni effraction, l'affaire fut vite abandonnée, puis définitivement classée.

VIII

LA MÈRE IMPROVISÉE

Huit jours après les événements que nous venons de raconter, après dîner, Mme de Freneuse, se sentant fatiguée, quitta le salon et remonta dans sa chambre.

Avant de se coucher, elle ouvrit une petite cassette enfermée dans son armoire à glace et en tira un médaillon. Elle le contempla longuement.

— Octave Fresnays, dit-elle. Comment Lord Mortimer ressemble-t-il à ce portrait ? Fils de Lord Mortimer, il ne peut être le fils de ce misérable Fresnays, ni son frère. Peut-être sa mère était-elle la sœur de cet homme.

— Non ! j'ai beau me raisonner, je ne sais quelle intuition me dit : Freddy est le fils d'Octave Fresnays... C'est absurde, et pourtant...

« Et malgré moi, ce garçon qui a tout pour plaire, m'est odieux. Malgré ses qualités, je suis sûre qu'il fera le bonheur de ma sœur... Cependant je le hais et l'idée de ce mariage me brise le cœur.

« Comment l'empêcher ?.. Par quel moyen ?

— Je vais te le dire, répondit une voix qui la fit sursauter.

Vivement elle plaça le médaillon dans le coffre-fort et serra le coffre dans l'armoire.

Nous l'avons dit au commencement de ce récit, Lucie était brave.

— Cette voix, fit-elle. Je la connais. Non ! C'est impossible... J'ai eu une hallucination.

Elle reprit d'un ton énergique :

— Qui a parlé ? Quelqu'un est-il là ?

Personne ne répondit.

— Je suis folle... j'ai rêvé.

Elle regarda autour d'elle, dans la chambre ; elle était seule, bien seule, rien ne remuait.

— D'ailleurs, murmura-t-elle encore. Il est mort, et les morts ne reviennent pas.

Rassurée, Mme de Freneuse passa dans son cabinet où elle fit sa toilette de nuit.

Puis elle se dirigea vers son lit, pour se coucher. Au moment où elle allait l'atteindre, les rideaux s'ouvrirent brusquement.

Un homme se dressa devant elle. Il était masqué et vêtu d'un maillot noir, comme un rat d'hôtel.

Mme de Freneuse allait crier ; l'homme lui mit brutalement une main sur la bouche.

— Tais-toi, fit-il durement.

— Cette voix ! murmura Lucie. Grand Dieu ! Serait-ce...

L'homme ôta son masque.

— Oui, reprit-il, c'est moi, ton frère chéri !

— Louis ! cria-t-elle.

Si courageuse que fût Mme de Freneuse, la surprise était trop forte : elle s'évanouit.

— Allons bon ! La voilà qui tourne de l'œil, grogna le vicomte de Beauval.

Il alla chercher de l'eau dans le cabinet de toilette et en aspergea le visage de Lucie.

— Diable ! Diable ! disait-il. C'est qu'elle ne revient pas à elle... Et je suis pressé, moi... Si on me découvrait ici, je sais le sort qui m'attend. Allons, la belle, réveille-toi !... Ah ! elle ouvre les yeux.

Mme de Freneuse, en effet, reprenait peu à peu ses sens.

— Toi ! Toi ! murmura-t-elle d'une voix que l'émotion faisait trembler. Toi, Louis, vivant !

— Comme tu vois, et je n'ai pas envie de mourir, je te prie de le croire... Cela doit te faire joliment plaisir de me voir.

— Malheureux ! Comment oses-tu te présenter ici ?

— J'avais besoin d'avoir avec toi quelques instants d'entretien... Je t'ai toujours aimée, tu le sais bien...

— Mais si père savait que tu es vivant, qu'on l'a trompé, il en mourrait.

— Aussi te garderas-tu bien de dire à qui que ce soit que tu m'as vu. D'ailleurs je viens surtout pour te rendre service.

— Mais par où es-tu passé ?

— Ceci c'est mon secret... Sache que je puis entrer dans ta chambre sans être aperçue de qui que ce soit et en sortir de même... Donc causons.

Le vicomte s'était assis ; il alluma une cigarette et reprit en raillant :

— Tu permets ? La fumée ne te gêne pas ? *All right*, comme dit le grand dadais de Lord Mortimer... Je disais donc que je puis te rendre un service. C'est justement au sujet de Freddy... Je t'ai entendue, il y a quelques instants, prononcer cette phrase : « Comment empêcher ce mariage ? Par quel moyen ? »

« Ce moyen, je te l'apporte...

« Toi ?

— Oui, moi, Louis, vicomte de Beauval, dernier du nom ! Je ne veux pas grand'chose, mais je serai heureux d'être utile à ma petite sœur...

— Tu as toujours eu du cœur ! observa Mme de Freneuse qui ignorait les nouveaux méfaits commis par son indigne frère... Va, parle...

— Je ne te raconterai pas comment je suis encore vivant, ni pourquoi j'ai tenu à me faire passer pour mort... L'explication de cette plaisanterie macabre nous entraînerait trop loin, et je suis pressé... Maintenant apprête-toi à recevoir une nouvelle incroyable, mais qui te fera plaisir...

— Va donc ! Tu me fais bouillir avec tes tergiversations...

... n'est pas notre sœur ; Marie est ma nièce ; Marie est ta fille.

On devine la stupeur de Mme de Freneuse à cette révélation : elle n'en pouvait croire ses oreilles ; enfin elle se mit à rire.

— La farce est bonne, dit-elle, et quand as-tu inventé cette belle histoire ?

— Je ne l'ai pas inventée. Je l'ai dit la vérité, toute la vérité, rien que la vérité.

— Allons donc ! Tu es fou. Comment veux-tu ? Mais c'est insensé ; j'ai presque assisté à l'accouchement de notre mère.

— C'est cela, presque ! Tu as presque assisté. Et tu ne t'es pas demandé comment, pourquoi, vous accouchiez toutes deux le même jour, à la même minute, ou à peu près...

— Pure coïncidence !

— Oui ! Et cette coïncidence ne t'a pas frappée... Et tu n'as pas été surprise que ton enfant à toi, jeune et bien portante, ait été mort-né alors que celui de notre mère, déjà âgée, vivait... ?

— Non... Il y a tous les jours des enfants vivants et des enfants morts-nés.

— Ainsi tu ne me crois pas ?

— Evidemment ! Je ne vais pas te suivre dans tes suppositions imaginaires !

— Eh bien ! J'avais été frappé, moi, de ces coïncidences au moins bizarres. Pendant les mois qui suivirent votre retour de Gênes, il y a dix-huit mois, ayant eu occasion de venir à l'hôtel du boulevard Malesherbes, je vis notre mère ouvrir une lettre, timbrée d'Italie, qu'on venait d'apporter. Elle devint très pâle. Papa qui était avec nous, lui demanda ce que c'était que cette lettre. Maman lui répondit : « C'est du professeur Darena. Elle n'a aucune importance. » Puis, sans faire attention que je la suivais des yeux, elle alla cacher la lettre dans un tiroir secret de son chiffonnier, en murmurant : « Mieux vaut la garder ; on ne sait pas ce qui peut arriver. »

— Et cette lettre ?

— Je l'ai sur moi. Je te la montrerai dans un instant. J'avais toujours rêvé de me la procurer. J'avais comme une idée qu'elle pourrait me servir un jour... Le mois dernier, je simulai un cambriolage dans l'hôtel...

— Oh ! Louis ! malheureux !

— Tiens ! Tu es bonne, toi ! Qui veut la fin veut les moyens... Bref, je m'emparai de la missive en question. La voici. Lis-là.

D'une main tremblante, Mme de Freneuse prit le papier que son frère lui tendait. A peine y eut-elle jeté les yeux qu'elle poussa un cri.

— Ma fille ! Marie est ma fille ! Ah ! mon cœur ne m'avait donc pas trompé ! Je l'aimais plus en mère qu'en sœur... et elle, quand elle était petite, m'appelait maman ou petite mère chérie... Ah ! Louis, tu peux avoir commis de grands crimes, mais la bonne action que tu viens de faire en m'apprenant la vérité les rachète tous...

Et Louis fredonna...

Rendez les enfants à leur mère,

Rendez les roses aux rosiers !

Mme de Freneuse exultait ; elle venait d'éprouver le plus grand bonheur de sa vie.

Que disait donc cette lettre, que Louis s'était procuré par des moyens criminels ? Ceci :

« Madame de Beauval, 341, boulevard Malesherbes, Paris.

« Chère Madame,

« Je ne vois aucun inconvénient à délivrer ma conscience d'un fardeau qui lui pèse. Voici le certificat que vous me demandez et que je suis prêt à soutenir de vive voix, puisque vous voulez bien me relever de mon serment.

« Votre fille étant devenue mère par le fait d'un crime, vous avez voulu éviter la colère de son mari, qui peut-être l'aurait tuée en apprenant sa trahison ; vous avez voulu effacer toute trace de l'adultère.

« Vous avez donc feint d'être enceinte vous-même. Le jour des couches, j'ai substitué auprès de Mme de Freneuse un enfant mort-né à l'enfant qu'elle venait de mettre au monde, et, ayant fait semblant ensuite de vous accoucher, j'ai déclaré sa fille comme étant la vôtre.

« J'ai eu beaucoup de peine à consentir à cette comédie ; mais j'ai la conscience qu'en acceptant, j'empêchais un drame peut-être inévitable.

« Vous avez réussi, Mme de Freneuse, personne ne sait rien de tout que vous et moi. Je puis avoir des remords de cette tromperie, mais j'ai...

ni pas de regrets. Cependant croyez-moi, enfermez cette lettre, gardez-en le secret. Je ne crois pas qu'une circonstance se présente jamais qui nous force l'un ou l'autre à le révéler, si ce n'est au jour du jugement dernier.

« Agréez, etc.

« Professeur Pietro Darena

« Gênes, 21 septembre 1896. »

Cette lettre était suffisamment claire et explicite. Marie était bien la fille, non la sœur de Mme de Freneuse.

Lucie ne pouvait avoir de doutes ; d'autre part elle se rappela certains détails qui les eussent complètement effacés s'il en eût subsisté dans son esprit.

C'est ainsi qu'elle se souvint qu'aussitôt qu'il l'eut accouchée, M. Darena emporta son enfant dans la chambre de sa mère ; quand elle demanda à le voir, il retourna dans cette chambre et rapporta l'enfant mort-né dans un paquet d'ouate ; d'autre part, il avait absolument refusé l'assistance des sages-femmes qui auraient pu pénétrer son secret ; enfin seul il s'était toujours chargé des soins à donner à sa mère, tandis qu'il la confiait, elle, Mme de Freneuse, à une garde-malade.

Lucie éprouvait une joie délirante ; cette joie devait être de courte durée.

Louis en laissa passer la manifestation bruyante, puis lorsque Lucie se tut enfin, il lui demanda :

— Et maintenant que vas-tu faire ?

— Moi ? répondit sa sœur, c'est bien simple. Je vais me rendre chez ma mère et lui dire que je sais tout.

— Bon, et après ?

— Comment après ? Eh bien ! Je revendiquerai mes droits sur Marie-Louise, et pour commencer, j'empêcherai son mariage avec ce Monsieur que je déteste instinctivement, pour ainsi dire malgré moi.

— Parfait, et après ?

— Ah ! tu m'ennuies avec tes « après ? ». Que veux-tu insinuer par là ?

— Oh ! peu de chose... Ceci seulement : et ton mari ?...

— Mon mari ?

— Évidemment. Tu ne penses pas à ce qui va se passer ! Tu vas, dis-tu, à ta mère : je sais la vérité ! Tu vas aller trouver Marie, et tu lui diras : dans mes bras, mon enfant, je suis ta mère !... C'est fort bien... Mais tu ne te demandes pas comment M. de Freneuse prendra la chose ?

« Voici près de dix-neuf ans que vous êtes mariés, soit. Votre grand amour des premières années s'est un peu éteint ; il a cédé la place à une affection solide, à une estime réciproque ; mais si la passion est moins vive, la situation est la même qu'il y a dix-huit ans et Marie n'en est pas moins l'enfant d'une faute.

« Sais-tu ce que ton Guy fera quand il l'apprendra, cette faute ? Comme je le connais, emporté, tout de premier mouvement, jaloux avant tout de son honneur, il prendra le premier bateau pour la France, arrivera à l'improviste au château, et sans vouloir entendre d'explications, il te tuera.

« Avais-tu réfléchi à cela ? »

Mme de Freneuse regardait son frère avec des yeux égarés ; elle ne semblait pas comprendre ce qu'il disait ; elle était comme foudroyée.

Enfin elle reprit conscience et éclata en sanglots.

Sa main se crispait sur la lettre fatale qui contenait son bonheur et son malheur à la fois.

Louis la lui reprit et la serra tranquillement dans son portefeuille.

— Pourquoi m'enlèves-tu cette lettre ? lui demanda Lucie surprise.

— Ça, ma petite, tu vas le savoir. J'ai besoin de cinquante mille francs. Il y va de ma vie...

— Ah ! je comprends ! Tu veux me vendre cette lettre que tu as volée !

— Non, Lucie, non ! Je ne veux pas te la vendre. Mets-toi bien dans la tête, une fois pour toutes, que je ne m'en dessaisirais jamais, même au prix d'une fortune.

— Alors, je ne comprends plus.

— Tu vas comprendre. Il me faut cinquante mille francs, à tout prix, coûte que coûte. Alors je viens trouver ma petite sœur chérie et je lui dis : donne-moi cette somme. Tu es riche, cela ne te gênera pas.

— Je commence à voir clair... et si je refuse ?

— Si tu refuses... Je fais photographier ce document et j'en envoie la reproduction certifiée authentique à ton mari, en y joignant les quelques détails que tu viens de me donner ; tu sais, le refus du docteur Darena de te faire assister par des sages-femmes, l'enfant emporté d'abord dans la chambre voisine, etc.

— Crois-tu que cela suffira à le convaincre ?

— En somme, du chantage ! Ce n'est pas assez de tous les crimes...

— Oh ! je t'en prie, pas de reproches inutiles !... Oui, c'est du chantage, si tu veux... Je n'ai pas le choix des moyens... Allons : signe-moi un chèque de 60.000 balles au porteur, et je m'en vais pour ne plus revenir...

— Misérable !

— Les gros mots, à présent ! Ah ! Lucie, tu n'es pas gentille ! Moi qui t'aime tant !...

Puis, changeant de ton, il reprit durement :

— Allons ! Aboule la braise, ou demain je fais connaître la vérité à ton mari... Mieux encore, j'envoie ta petite histoire aux journaux, avec le fac-similé de la lettre... Tu parles d'un scandale !

— Et si je te donne cet argent, tu t'engages à t'éloigner pour ne jamais revenir.

— Foi d'honnête homme !

— Et quelle garantie me donnes-tu ?

— Ma parole d'honneur.

Lucie pensa que le gage était mince, mais elle n'avait pas à discuter : si elle ne s'exécutait pas, elle était perdue : elle connaissait assez son frère pour savoir qu'il n'hésiterait pas à rendre sa honte publique, à appeler sur sa tête la vengeance de son mari ; elle céda.

En recevant le chèque au porteur qu'elle venait de lui signer, Louis eut un geste de joie :

— Ça y est ! murmura-t-il, puis il reprit à haute voix. Merci, ma bonne sœur ! Tu es un ange... Maintenant si tu veux mettre le comble à tes bontés, donne-moi un verre d'eau sucrée ; les émotions m'altèrent.

Lucie passa dans son cabinet de toilette chercher ce que son frère lui demandait.

Quand elle revint, il avait disparu.

Mme de Freneuse passa une nuit blanche.

Plus elle réfléchissait, moins elle trouvait à quel parti s'arrêter.

Devait-elle avouer à sa mère qu'elle savait la vérité ? Mais celle-ci lui demanderait d'où elle la tenait, qui l'avait instruite, et à aucun prix elle ne voulait apprendre à Mme de Beauval que son fils était vivant : ce serait lui donner le coup de la mort.

S'adresser à son mari ? Lui révéler l'attentat dont elle avait été victime, implorer son pardon ? Il ne l'accorderait pas : il la tuerait ou la chasserait, et ce serait un effroyable scandale.

Dire à Marie-Louise : « Tu es ma fille. Ne le dis à personne. » Marie-Louise pourrait-elle garder ce secret ? Et comment lui expliquer les choses ?

Enfin elle décida qu'elle garderait le silence.

Au petit jour, sa résolution bien prise, elle s'endormit.

Mais, quand elle ouvrit les yeux, très tard dans la matinée, son premier regard tomba sur Marie qui lui dit d'un ton enjoué :

— Eh bien ! grande paresseuse ! On ne se lève pas ! Faut que je vienne te chercher, à présent ?

Lucie tendit les bras à la jeune fille et l'embrassa avec une effusion inaccoutumée.

— Comme tu m'embrasses, remarqua Marie ! Tu ne m'as jamais embrassée comme cela ?...

Mme de Freneuse la contemplait sans répondre.

— Et comme tu me regardes ! On dirait que tu ne m'as jamais vue.

— C'est vrai, dit enfin Lucie, jamais comme aujourd'hui. Sœur chérie, tu m'aimes donc toujours bien !

— Plus que jamais !

— Plus que jamais !

— Tiens ! Tu n'es pas une sœur, tu es une vraie maman.

— C'est justement ce que je pensais.

Et à part soi, Mme de Freneuse ajouta :

— Si elle savait... ! Et ne pouvoir lui dire !...

IX

LE PARDON

Louis prit goût à la façon nouvelle qu'il avait trouvée de se procurer l'argent nécessaire à entretenir ses vices.

Faire chanter sa sœur, c'était pour lui moins dangereux que le vol et le cambriolage. Il tenait la malheureuse et il était sûr qu'elle céderait toujours à la peur du scandale, à la terreur que lui inspirait son mari.

Quinze jours après sa première tentative si heureusement terminée pour lui, il en fit une seconde.

Il y avait dans le mur du parc une petite porte dont il avait conservé la clé : lorsqu'il faisait nuit, il s'introduisait dans le jardin et se cachait dans un bosquet jusqu'à ce que tout fut éteint et endormi au château.

Alors, par un soupirail, il pénétrait dans une cave et de là par un escalier creusé dans le mur derrière une trappe qu'il avait découverte, il grimpait dans la chambre de Lucie.

Il y entrait par un panneau à ouverture secrète qu'il avait déniché et que masquaient les rideaux du lit : pour s'en aller, il n'avait qu'à appuyer sur ce panneau et il semblait s'enfoncer dans la muraille.

— Voilà, avait-il pensé quand il avait trouvé cet escalier dérobé, un passage bien commode pour une femme qui voudrait recevoir un amant. Mais Lucie est bien trop bête...

Donc il fit une deuxième tentative qui réussit comme la première. Sa sœur le supplia de lui remettre la lettre du professeur Darena. Il exigea cent mille francs.

Elle les donna.

Ainsi elle était la proie de ce gredin !

Et Marie ? Depuis qu'elle savait qu'elle était sa fille, elle avait résolu de lui constituer une dot, de lui offrir des parures et des bijoux précieux représentant une somme considérable : comment les acheter à présent si Louis continuait son chantage éhonté. Et il le continuerait.

Tandis que ces différentes scènes entre le frère et la sœur avaient eu lieu, deux mois s'étaient écoulés ; le deuil que portait la famille de Beauval touchait à sa fin ; on parlait déjà de rentrer à Paris et de préparer le mariage de Marie avec Lord Mortimer.

Un jour celui-ci se trouvant seul avec Mme de Freneuse voulut essayer de connaître le motif de l'antipathie qu'elle avait pour lui :

— Madame, lui dit-il, vous savez si j'aime Mademoiselle votre sœur. Vous n'ignorez pas que ma seule ambition est de l'épouser et de m'efforcer de faire le bonheur de sa vie, comme elle fera le bonheur de la mienne... Ses parents m'ont accordé sa main : et notre mariage doit être célébré dans un mois et demi.

« Cependant vous semblez y être opposée : votre attitude à mon égard dénote une hostilité que je ne m'explique pas. Voulez-vous me permettre de vous demander ce que je vous ai fait ?

Lucie était fort embarrassée pour répondre : en effet, que lui avait-il fait ? Quelles raisons donner de son inimitié ? qui ressemblait presque à de la haine ?

Tout à coup les yeux du jeune homme s'arrêtèrent sur un objet brillant qui apparaissait au fond d'un coffret entr'ouvert.

Il s'approcha pour le voir de plus près.

— Que regardez-vous, lui demanda Lucie ?... Ce médaillon... Tiens ! au fait, il vous ressemble.

Elle se leva, prit la miniature enrichie de brillants dont nous avons eu souvent l'occasion d'entretenir nos lecteurs et la tendit à Freddy.

— Voyez, dit-elle, on jurerait que c'est vous.

Lord Mortimer s'empara du médaillon : à peine y eut-il jeté les yeux :

— Mon père ! s'écria-t-il.

— Que dites-vous ! Vous êtes le fils d'Octave Fresnays, vous, Lord Mortimer ?

— Oui, Madame, ce portrait qui m'est dédié est le seul souvenir que j'ai de mon père. Je l'ai hélas ! à peine connu... J'avais quatre ans quand il est mort ! Mais ce sont bien ses traits vénérés... Je m'en souviens comme d'hier...

— Alors, votre nom ?

— Mon nom était Alfred Fresnays... Quand mon père mourut, j'étais en Angleterre, chez son beau-frère, Lord Dan Mortimer... Celui-ci était veuf, sans enfants. Il m'adopta. Il me fit élever dans un de ses châteaux en Écosse par des précepteurs de son choix, tous gens instruits qui me donnèrent une éducation aussi complète que possible.

— C'est donc cela, pensa Lucie, que Mariolle n'a pu le trouver dans les pensionnats de Londres !

— À son lit de mort, Lord Mortimer me fit venir : « Fred, me dit-il, je n'ai pas d'enfants... Je t'ai élevé... Je t'ai adopté... Tu es mon vrai fils... Je t'ai toujours entouré de mon affection... Je vais le quitter... C'est la destinée commune... Ne pleure pas... Quand on a toujours été un brave homme, qu'on a toujours fait tout son devoir, on regarde venir la mort sans trembler.

« Je sanglotais. — Je sais, continua-t-il, que tu as pour moi une amitié toute filiale. Je vais la mettre à l'épreuve... Je te l'ai déjà dit, mon nom, mes titres s'éteignent avec moi. La loi me permet de les faire revivre dans mon fils adoptif. Tu porteras donc le nom de Lord Mortimer... Acceptes-tu de renoncer au nom de ton père ? — Mon vrai père, c'est vous ! répondis-je.

— Eh bien ! mon enfant, titres, nom, fortune, je te laisse tout, à une seule condition, c'est que tu vas me jurer de ne plus jamais porter le nom de Fresnays, si honorable soit-il ; mais le mien que tu légueras à tes descendants et ainsi ma lignée ne sera pas éteinte...

« Je jurai. Voilà, Madame, comment ce portrait est bien celui de mon père et pourquoi cependant je ne m'appelle pas comme lui.

Mme de Freneuse avait écouté attentivement ce récit : mais tandis que le jeune homme parlait avec une réelle émotion de son bienfaiteur, une idée l'obsédait :

— Alors, pensait-elle, s'il est le fils d'Octave Frenays, il ne peut épouser Marie, car Marie est sa sœur, puisqu'elle a le même père.

Elle reprit à haute voix :

— Ce médaillon vous appartient, Monsieur. Je veux vous le rendre. Permettez-moi cependant de le garder encore quelques jours.

— Tant qu'il vous plaira, Madame. Oserai-je à présent demander comment il est venu en votre possession ?...

— Certainement, je l'ai trouvé, à terre, dans la rue. J'aurais voulu le rendre à votre père... Mais on l'a cherché en vain... Il était mort... Je voulus le remettre au fils ; il avait disparu... Demain, je vous le donnerai.

— Croyez que je vous serai profondément reconnaissant...

— Il n'y a pas à me remercier, il vous appartient...

Lord Mortimer se retira.

Quand il fut parti, Mme de Freneuse alla trouver son père et sa mère ; elle leur avoua la vérité, leur montra la lettre du professeur Darena, le portrait d'Octave Fresnays, et leur déclara que Marie ne pouvait épouser Lord Mortimer puisqu'elle était sa sœur de père.

M. de Beauval entra d'abord dans une violente colère ; il jura qu'il ne pardonnerait jamais à sa femme de l'avoir joué ainsi, de lui avoir fait croire que Marie était sa fille.

— C'était, lui répondit Mme de Beauval, pour sauver l'honneur de Lucie.

Le comte finit par s'apaiser, frappé par cet argument péremptoire.

Alors il fut décidé que l'on rendrait sa parole à l'infortuné Freddy et qu'on emmènerait Marie en voyage pour tâcher qu'elle oublie le jeune homme, pour adoucir la douleur qu'elle ressentirait de cette séparation.

M. de Beauval écrivit donc à Lord Mortimer pour rompre avec lui ; il lui donnait des explications vagues, des raisons embarrassées.

Lorsqu'il reçut cette lettre, le jeune homme était au jardin avec Marie ; en la lisant, il se sentit défaillir. Il la tendit tristement à sa fiancée qui éclata en sanglots ; il dut la soutenir.

À ce moment, le docteur Miracle arrivait. Il s'empressa de donner ses soins à la pauvre enfant. Quand elle revint à elle, elle supplia M. Maurel de ne pas l'abandonner, de plaider sa cause, celle de Freddy, et de tâcher de savoir au moins le motif réel de cette brusque rupture.

Carlotta vint chercher Marie ; mise au courant par Mme de Beauval, elle l'emmenait pour la consoler :

— Docteur Miracle, dit-elle à M. Maurel avant de le quitter, nous n'avons d'espoir qu'en vous !

Puis se tournant vers Lord Mortimer, elle lui dit d'un ton qu'elle essayait vainement de rendre résolu :

— Adieu, Freddy !

— Adieu, Marie-Louise ! répondit le jeune homme d'une voix que les sanglots étouffaient.

Carlotta entraîna la malheureuse jeune fille.

— Allez interroger M. de Beauval, je vous en supplie, dit Freddy à Maurel. Je vous attends ici, et selon ce qu'il vous aura dit, je resterai ou je partirai pour ne jamais revenir ! Mais alors j'en mourrai !

Le docteur Miracle se fit annoncer chez le comte ; celui-ci était encore avec sa femme et Mme de Freneuse. M. Maurel leur peignit la douleur de Marie, l'affection de Fred, et leur demanda s'ils ne pourraient revenir sur sa décision.

— Elle est irrévocable, lui répondit le comte. Vous êtes un vieil ami, je vais vous dire pourquoi. Marie est, par son père, la sœur de Freddy ; elle est la fille de Mme de Freneuse, et non la nôtre.

Le comte montra à M. Maurel la lettre du professeur Darcha, puis il raconta de quel odieux attentat la malheureuse Lucie avait été victime. Au fur et à mesure de son récit, le docteur Miracle devenait de plus en plus pâle ; il était en proie à une émotion violente.

— La date ! La date ! s'écria-t-il.

— 14 novembre 1895.

— Grand Dieu !... Et le père ?...

— Le voici.

Le comte tendit à M. Maurel le portrait d'Octave Fresnays. À peine y eut-il jeté les yeux, que le docteur Miracle dut s'appuyer à un meuble pour ne pas tomber.

— Qu'avez-vous, lui demanda-t-on ? Vous semblez défaillir.

Mais M. Maurel se raidit ; s'adressant à Mme de Freneuse :

— Madame, lui dit-il, ce portrait n'est pas celui du père de votre enfant. Ce portrait m'avait été confié par M. Octave Fresnays pour le remettre à son fils, au moment où, broyé dans la catastrophe, il expirait. Ce médaillon, c'est moi, hélas ! qui l'ai perdu.

— Ciel ! Alors vous êtes... fit Lucie atterrée ?

— Oui, Madame, je suis le coupable. Dans une minute d'égarement, de folie, j'ai commis une action lâche, infâme !... En proie au remords, j'ai fui, j'ai abandonné ma situation, mon nom, j'ai brisé mon avenir, et depuis dix-huit ans, j'expie ici, dans les montagnes. Pourrez-vous jamais me pardonner, vous, Madame, quand je ne me suis pas encore pardonné à moi-même ?

— Qui donc êtes-vous, Monsieur ? demanda M. de Beauval.

— Aujourd'hui, je suis le docteur Miracle. Autrefois, j'étais le docteur Edmond Vanoise.

— Le grand savant, l'illustre chirurgien disparu subitement sans qu'on eût jamais retrouvé sa trace ?

— C'était moi.

— Eh bien ! Monsieur, laissez-moi vous dire que si grand qu'ait été votre crime, ces dix-huit années d'expiation, pendant lesquelles vous avez avec tant de dévouement et d'abnégation été le bienfaiteur de ces pays désolés l'ont bien racheté. Et pour moi, je vous absous. Et toi, Lucie ?

— Moi !... Ah ! tout ce que je demande, c'est que Marie soit heureuse, puisqu'Octave Fresnays n'est pas son père, qu'elle épouse celui qu'elle aime... Son vrai père voudra-t-il lui porter la bonne nouvelle ?...

— Ah ! Madame, vous êtes trop généreuse, puisque vous me permettez de faire deux heureux !

M. Maurel, ou plutôt M. Vanoise, courut au jardin où l'attendait Freddy.

— J'ai gagné votre cause ! lui dit-il. Allez chercher Marie.

Marie, appelée par son fiancé, fou de joie, arriva aussitôt ; elle se jeta au cou du docteur.

— Vous avez réussi ! s'écria-t-elle. Ah ! laissez-moi vous embrasser. Comme un père !

M. et Mme de Beauval étaient descendus rejoindre les deux jeunes gens et contempler leur bonheur.

Mme de Freneuse les suivait. M. Vanoise s'approcha d'elle.

— Adieu, Madame, lui dit-il à voix basse. Je pars, je quitte le pays, vous ne me reverrez jamais.

— Je vous défends de vous exiler, docteur, lui répondit Lucie avec un triste sourire. Vos malades ont besoin de vous...

. . . .

— Un bonheur n'arrive jamais seul ! Deux jours après, Lord Mortimer apprenait à sa fiancée et à Mme de Freneuse qui connaissaient l'existence de Louis de Beauval, que celui-ci, sur le point d'être arrêté, s'était fait tuer

— 49 —

nouvelle, et qu'on l'avait enterré dans le cimetière de Genève, sous le
nom de Louis, son identité n'ayant pu être vérifiée.
Et tous trois le lendemain portèrent des fleurs sur sa tombe.

FIN

LES ROMANS CHOISIS

Luxueuse série de volumes à 75 centimes
comprenant chacun un **ROMAN COMPLET**
Paraissant le 5 et le 20 de chaque mois.

VOLUMES DÉJA PARUS :

EN VENTE PARTOUT

N° 1. GERMAINE, par LUCIEN PEMJEAN (en réimpression)
N° 4. NINI-VERTU, par PAUL BRU.
N° 5. JEANNE, LA PETITE MONTMARTROISE, par JULES HOCHE
N° 6 SUZANNE, par la Comtesse XAVIER D'ABZAC.
N° 7. TOURMENT D'AMOUR, par GASTON RAYSSAC.
N° 8. DU CŒUR AUX LEVRES, par PAUL DE GARROS.
N° 9. LA PETITE PRINCESSE, par JULES DE GASTYNE.
N° 10. AME CONQUISE, par RENÉ D'ANJOU.
N° 11. CRUELLE BEAUTÉ, par GUSTAVE LEROUGE.
N° 12. L'ENFANT DU MALHEUR, par MARC MARIO.
N° 13. PÉCHÉ DE JEUNESSE, par PAUL BRU.
N° 15. LES GANTS BLANCS DE SAINT-CYR, par A. HEULÉ.
N° 16. LES NOCES DE GERMAINE, par LUCIEN PEMJEAN. (en réimpression)
N° 17. LA PETITE GUIGNOL, par MIETTE MARIO.
N° 18. SUPREME TENDRESSE, par PAUL DARCY.
N° 19. ON MEURT D'AMOUR, par FERDINAND DUMAINE.
N° 20. BEAU BLOND, par H.-R. WOESTYN.
N° 22. LE MAL DE VIVRE, par GEORGES MALDAGUE.
N° 23. FLEUR D'IRIS, par JULIEN MAUVRAC.
N° 24. VISION TRAGIQUE, par FREDANE.
N° 25. CORRUPTRICE, par JULES HOCHE.
N° 31. L'INEXORABLE AMOUR, par la Comtesse XAVIER D'ABZAC.
N° 32. LE ROMAN DU MODELE, par HENRY DE CHAZAL.
N° 33. PETITE NANETTE, par PAUL BRU.
N° 34. SOUS LES MIMOSAS, par JULES HOCHE.
N° 35. LA BIEN-AIMÉE, par PAUL ROUÉ.
N° 36. FAIBLES CŒURS, par HENRY FRICHET.
N° 37. FINE, par GEORGES BEAUME.
N° 38. DOUCE FIANCÉE, par EDOUARD PINON.
N° 39. DEMI-FEMME, par JACQUES YVEL.
N° 40. VAGUES D'AMOUR, par RENÉ D'ANJOU.
N° 41. UN PEU... BEAUCOUP.. PASSIONNÉMENT..., par CL. LORRAIN.
N° 42. L'ABANDONNÉE, par ALLIK DALMONT.
N° 43. QUI ? par FERNAND LAFARGUE.
N° 44. LE MANNEQUIN DE CIRE, par JULES HOCHE.
N° 45. BEAUTÉ PERFIDE, par RENÉ MIGUEL.
N° 46. CŒUR DOMPTÉ, par EDOUARD PINON.
N° 47. LA RANÇON DU BONHEUR, par PAUL BRU.
N° 48. MANDOLINA, par AUGUSTE LESCALIER.
N° 49. LE CŒUR INCERTAIN, par PAUL DE GARROS.
N° 50. LE CŒUR BLESSÉ, par HENRY DE CHAZEL.
N° 51. M'AMOUR, par MAURICE LANDAY.
N° 52. LE ROMAN DE SIMONE, par JACQUES YVEL.
N° 53. MARIAGE DORÉ, par JULES HOCHE.
N° 54. LA PIERRE D'AMOUR, par MAURICE LANDAY.
N° 55. LA VIE L'EMPORTE, par JEAN PETITHUGUENIN.
N° 56. DEUX FEMMES, par MARCEL LUQUET.
N° 57. AUBE D'AMOUR, par HENRY FRICHET.
N° 58. SÉDUCTRICE, par ALLIK DALMONT.
N° 59. LE BAISER D'AMOUR, par GEORGES BEAUME.
N° 60. PREMIER ÉMOI, par PAUL ROUÉ.
N° 61. SUZY LA BLONDE, par PAUL DARCY.
N° 62. SŒURS RIVALES, par EDOUARD PINON.
N° 63. LA FEMME INCONNUE, par EMILE QUINTIN.
N° 64. FEDORA, par JULES HOCHE.
N° 65. LES YEUX ÉTEINTS, par JEAN DE KERLECQ.
N° 66. L'HEURE D'AIMER, par PAUL BRU.
N° 67. CHANSON D'AMOUR, par PAUL DARCY.
N° 68. L'AMOUR VAINCU, par JEAN-GEORGES BARBARIN.
N° 69. RIVALE DE SA FILLE, par PAUL DE GARROS.
N° 70. FRIQUETTE, par GASTON RAYSSAC.
N° 71. RIEN QU'AMIS, par LOUISE ASSER.
N° 72. CŒUR MÉFIANT, par RENÉ DE LA GUERCHE.
N° 73. LES YEUX OUVERTS, par JEAN DE KERLECQ.
N° 74. L'AMOUR SE MEURT, par JEAN DE KERLECQ.
N° 75. L'ANGELUS, par JEAN DE KERLECQ.

Envoi franco de chaque volume contre 0 fr. 85 en timbres-poste à la LIBRAIRIE DES
ROMANS CHOISIS, 94, avenue de la République, Paris.
Abonnement à 8 volumes 6 francs en mandat ou billet.